妳想要的，只是我的後悔嗎？

橘子

序

欠在《我想要的，只是一個擁抱而已》裡的，我就還在這裡了。

然而，這本書並不是擁抱的續集，只是在擁抱的故事結束了好多年之後，有一封信寄到了這本書的開場白裡，接著這故事的開始就由女主角在無名咖啡館裡看著這封被釘在牆上的白色信封，然後道出了另一段屬於她和他們的故事而已。若是熟悉橘書的人，或許還會發現裡頭出現了好些人的後來：那個總穿著一身黑的賴映晨，那個哪裡也不屬於的s，那個不理會任何人卻記著任何人的冷漠老闆娘，在這個故事結束之後的續章裡，都走出了無名咖啡館或者和過去的自己和好，他們走向屬於自己的下一段人生。他們都不再停格於過去的橘書裡了。

都還在這裡了。

在這本書的初稿完成之後，首先我去了一趟過去曾經住過一年半的老房子，看看過去生活過的地方，拜訪過去曾經要好過的朋友。

那是我唸日文系時鄉下的房東以相當便宜的價格租給我們這些學生、非常老舊的房子，有著我非常討厭狹小浴室；房子的後面是一塊樹林，室友曾經玩嗨了在頂樓往樹林的方向丟煙火（還好沒有起火，而樹林至今也依舊健在，沒有變成另一棟房子），遠遠就能夠聞到臭味的雞圈也還在（那天我以為我會很懷念，但結果聞著還是痛恨了起來）；不過隔壁很吵的總是蹲在門口抽菸搭訕女生的醒獅團鄰居已經搬走，還有那條過份熱情的總是站著就能把前腳跨在我肩膀上接著就撲倒我的拉不拉多也不在了，現在換成是個大狼狗（不過那天我並沒有勇氣去逗牠玩）。

都從少女變成長青樹了啦。我們如此互開玩笑。我們就在那老房子前面坐在車裡聊回憶：這裡哪裡變了？這裡哪裡沒變，我們總是找很多人在我的大房間裡煮著火鍋還是水餃？我們當時好像真的好吵……天啊居然那麼久了我們都記得，天啊我們幹了那麼多蠢事居然還是順利活了下來。

然後我們吃了晚餐，聊起更多更多其實聊過好幾次了的回憶：那帥氣三秒蹺課的身影（那個教室的位置那天換成了個男生在上課玩手機，讓我很想跑去跟老師告狀），那在下著大雨的夜裡騎機車卻因為太悲慘了所以反而哈哈大笑的紅色天橋（我們在那個天橋下乖乖穿上雨衣），那個同學曾經開車載著我撞了人的十字路口（當時朋友親手織給我的圍巾拿去給那個大男生止血），那台瘋了不肯熄火的機車（我哭著去找機車行求救，機車行如今也還在），那個騎車時車鑰匙突然不見的路口（室友很厲害的在黑夜裡找到！而那是一段三十分鐘左右的路程），那個他曾經坐在車裡等著不想走的鐵捲門口……那是當時的我還覺得一切都可以任性轉身毫不在乎、連稍微考慮一下都不肯的年歲，那是已經好久好久以前記憶卻依舊鮮明的青春。

那些人，那些事，那些曾經聽了會哭的歌，那些以為失去會死的人；所謂的青春大概就是這麼一回事吧，美的其實不是青春的本身，而是青春裡的那些人。

來自日本的長信
以及
藍色月亮

Dear 洛希：

好久不見。

真的是好久——好久不見了！久到簡直不知道該從何說起的那種久，久到已經沒有把握是不是還被妳記得，會不會這就是我選擇提筆寫信的原因呢？

或許。

好久不見，真想親口這麼對妳說，場景就像我們從前那樣，隔著一張桌子坐在彼此的對面，喝著各自的咖啡，抽著各自的香菸，在下午三點鐘的咖啡館裡，而開場白就從好久不見這四個字開始；然後，是的，我們聊起長長的天，酗著足以引起心悸疼痛的咖啡，擁抱各自的回憶，像是說故事似的交換彼此擱在心底最深處的什麼。

什

麼

那是我人生中最特別的一段日子，如今回想起來，那確實是我人生中最特別的一段日子沒錯；如果可以的話，真希望這樣的日子永遠不要結束，不過當然這是不可能的，就像最後見面那天妳告訴我的：每天這樣喝咖啡殺時間、恐怕不會是什麼好人生。

確實不是什麼好人生，不過在某些情況下，這種生活方式卻反而是種必須：把腳步停下，把自己想個清楚，然後，或者轉個彎或者繼續走。

或者就直接這麼說吧：告別，和過去的自己告別。

妳和過去的那個自己和好了嗎？真不知道為什麼，我總是惦記著這個。

而我，是的，我和過去的自己和好了，託妳的福，真的是託了妳的福。

希望妳也是，真的希望妳也是。總有那麼一個人，我們會希望對方，過得，比自己好。

總有那麼一個人。

儘管明白那種日子沒可能持續下去，相反的、能夠終止才反而是件好事，但我就是經常會懷念起那一段時光，有時候（通常是寂寞爆發的時候）甚至會激烈懷念到想要立刻買張機票就這麼飛回台北去把妳找出來，約出來，再一次對坐在午後的咖啡店裡酗咖啡呢。不過總是沒有這麼做，沒有勇氣這麼做，不是近情情怯那方面的問題，反而是比較接近不希望破壞當初那段美好時光的感覺；那是很棒的一段時光，每次回想起來我總是這麼認為，依舊這麼認為，也、永遠會這麼認為。

回想起來簡直像是電影畫面一般的美好回憶、那段時光，而今反正因為清楚明白不可能再回到過去的那個自己、那畫面，於是更加害怕破壞它、反而更加想要封存它，是這樣子的一個心情。

那家咖啡店還好嗎？聽說台灣實施全面禁菸了，它的顧客群是否因此換了一批呢？呵，順道一提，我戒菸了。

來到日本過起新生活之後，想也沒想的就這麼戒了菸。感覺像告別，某種形式上的告別，告別回憶，也告別過去的那個我自己；離開台灣之後我一次也沒有回去過，把過去的自己好好的丟在過去，說起來好像很詩意的樣子，不過實際上做起來還真是痛苦死了！工作疲累，而心靈少了寄託，雖然很丟臉，不過確實因此還偷哭過好幾次呢，是把枕頭都給哭溼了的那一種偷哭。在異鄉的夜裡，每每想起過去與現在的時刻，每當過去撞上現在的寂寞午夜。

不過總而言之我還是比較喜歡現在的這個自己，雖然，我會懷念過去的那個我。

抱歉我有點語無倫次了。

忘了先說，我後來去了日本，從那之後一直在姨媽開設的中華拉麵店裡工作，一開始做的是外場的服務生工作，而這三兩年則進入廚房；這邊的日子平平淡淡卻相當扎實，過去喜歡的音樂至今依舊熱愛，只是從此就把它當成是個興趣，至於家族的黑道事業則連心動都不曾再有過。

原來我想要的不過就是個平淡扎實的人生，原來我終究能夠脫離家族的遺傳因子，真是可喜可賀，對我而言，對這樣子的一個我而言，確實可喜可賀；不過我想妳收到信的當下看到郵戳以及寄件人姓名大概就能夠明白了吧。

當然前提是如果妳能收到這封信的話。

如果。

把現在的生活交代清楚之後，接著我想說的，是關於那一天的事。

變成現在之前的，**那一天**。

那天下午三點鐘左右，雖然明知道妳不會再來了，也在心底期望著妳其實就這麼去過新的人生了、不要再來了也好，更好，但我依舊去到那家咖啡館待著，我待了整個下午，抽掉一整包香菸，至於咖啡則是已經忘記續了幾次，總之依舊是酗到足以引起心悸的那種程度（後來踏出店門口時，也確實犯心悸了呢），而妳沒來，當然。妳去過新的人生了，就像最後一次見面時妳預告的那樣。

在那個不說話只喝咖啡和抽香菸的下午裡，我考慮過數百次撥通電話給妳，或許就是單純的說聲哈囉，或許慎重地再一次道別，不過結果我就是沒有這麼做；我結果做的是撥出兩通電話，一通打給在日本的姨媽，接著下一通，我打給姑姑，前者是前進，後者是道別，此後我的人生一分為二：新與舊，前進與告別。

然後，我就過著現在的生活，變成現在的這個我自己了。

於是現在，我人在日本工作，過著相當平靜且樸素的生活，樸素到連交通工具都是以腳踏車代步呢！難以置信吧？從未成年就開始以不良少年的姿態開著車的我、如今卻是過著騎腳踏車的健康／雅痞人生哪。

人生哪！

對了！如果有機會再一次見面的話，我絕對要神氣萬千並且鉅細靡遺地告訴妳、我是如何從新宿騎著腳踏車一路到了橫濱的慢旅。

於是我才知道，轉換新的人生，告別舊的人生，往往沒有我們想像中的困難，就是一念之間而已，就是去做以及一直沒有去做而已。

就是這樣而已。

而妳呢？妳和妳的無名咖啡館好嗎？妳後來還是當了咖啡館的老闆娘嗎？那個畫面想像起來實在是相當適合妳哪。

姨媽的拉麵店坐落於新宿，經常會接待來自台灣的客人，因為交通便利所以多數是自由行的那種，有時候我會和他們聊聊天，有幾次我聽到他們說起台灣現在有間沒有名字的咖啡館、不太被知道但是很特別，它坐落於巷弄裡，並且就是連塊店的招牌也沒有；在這麼一間沒有名字的咖啡館裡、有著世界上最好喝的咖啡，吧台是誇張的大、但座位倒像是孤僻似的少，並且從來沒有人聽她開口說過話的老闆娘表情總是相當的冷漠，指間像是媽媽一併生下來似的夾著一根香菸，但卻從來不點也不抽；而這沒有名字的咖啡館之所以會讓我想起妳，是因為前陣子有一個獨自來日本旅行的漂亮女孩，年紀看起來很小的樣子，而實際上也是；如果不是聽她開口說話，我恐怕也不會相信她是台灣人吧！她看起來像是個混血兒。吳子晴、這她名字，這名字讓我狠狠的想起小雨，真的是狠狠的。雨與晴，多麼天南與地北。無論是名字，以及外表，或者就直接說是：所有的一切。

小雨。那個天使般的女孩，終究還是回到了屬於她的天堂，或許上帝比我們更需要她吧、我想。唐．麥克林（Don McLean）曾經寫了一首歌曲如此悼念梵谷，而，這是歌詞裡的一段：

But I could have told you, Vincent
This world was never meant for one as beautiful as you
（這個世界根本配不上擁有像你如此美好的人）

其實小雨對我而言，不也是如此？

我的雨至今總算不再淋溼我的眼，她轉而淋進了我的心，無蹤影。

於是我才明白，原來悲傷並不會隨著時間淡去，不過我們終究能夠學會適應，適應悲傷。

抱歉話題沉重了，此刻如果剛好能夠下場雨的話該會多好呢？不過當然這是不可能的，如果此刻下了雨，我該如何看著此時的藍色月亮呢？

無論如何當時在閒聊之間她再一次提起這個無名的咖啡館：

『是一家沒有名字的咖啡館喲，很難找的，如果不是預先知道的客人，大概會以為那只是一家飄著咖啡香的老房子而已吧。至於那個從來沒開口說過話的冷漠老闆娘看起來總是心情不太好的樣子，好像是連自己的名字都忘記的那種冷漠喲。不過長得倒是很漂亮呢，就是有點駝背不太好。』

那是妳嗎？洛希。或許哪天我會回台灣親自求證吧，我也很想看看那間沒有名字的咖啡館以及那個好像是連自己名字都忘記的老闆娘；而，如果不是太神經的話，我真想把這封信的收件地址就寫上R.O.C.，無名咖啡館，而收件人是：忘記自己名字的洛希。

真詩意。

抱歉胡扯了這麼一堆卻還沒有提到這封信的重點。

之所以在多年之後突然提筆寫信給妳，而且是不得不立刻提筆寫信給妳的原因，是此刻（8/31,2012）我正在欣賞著東京天空裡的藍色月亮，或者應該正確的說是：在這個月裡的第二次滿月。

而天上的月光，其實還是白色的。

不知道台灣是不是也有這個新聞呢？今年的八月三十一號，天空會出現藍色月亮。只是如今的我終於明白，所謂的藍色月亮指的並不是天上的月亮會變成藍色，而是意指在一個月內會出現兩次月圓，也就是每年的第十三次滿月，平均兩年半會出現一次這種現象，這藍色月亮。

當我第一次看到這則新聞的時候，首先想起的人居然是妳，千真萬確地就立刻想起了妳，本來我還以為會是蕭凱軒才對，但是……嗯。

我已經失去她兩個藍色月亮的時間，而其實，我已經失去她的，又何止只是兩次藍色月亮的時間呢？

藍色月亮。

這是不是讓妳想起了什麼？或者其實應該說是，是的，這讓我想起了什麼，狠狠的。

我想起和小雨最後見面那天，我們透過藍色玻璃紙所看到的藍色月亮，我騙了她的藍色月亮；而此刻，我坐在房間的書桌前，抬頭看著窗外這原來的藍色月亮，低頭，我提筆寫信給妳。

回憶太擠，因為這則新聞，這藍色月亮，回憶一股腦全擠了上來，滿溢我的喉頭；抱歉這封信的長度，抱歉這信裡的胡言亂語，都是因為回憶太擠，而喉頭，太滿。

太

滿

我不知道如今的妳人在哪裡？我又該把這封信寄到哪裡給妳？於是我在信封填上無名咖啡館的地址，而收信人則寫上洛希；雖然連寄件人姓名和地址都相當仔細的填上，但其實打從提筆之初，我就已經做好了就算這封信被錯收被退回甚至是寄丟了也沒有所謂的心理準備，因為這反正本來就是一封寄往天堂的思念，只是天堂的地址從來就沒有人知道。

上帝忘記告訴我們了。

祝

別來無恙

Your special friend at the 7 days，曹正彥。

8/31,2012。

開場白　當悲傷需要節制

當悲傷需要節制，
是一件令人悲哀的事。

溫雨樵

當檸檬走進來的時候我正歪著頭看著這封信，這封信被釘在咖啡館的牆上，郵戳說明它來自日本，收件人的姓名寫著洛希，而信封上的地址正是我之所以盯著它看的原因；我光顧這間沒有名字的咖啡館已經好幾年了，這封信從我獨自光顧它以來就始終被孤零零的釘在牆上，而這還是我頭一次看清楚它的地址，真是佩服郵差是如何把這封信正確無誤送達的。這間沒有名字的咖啡館低調到令人懷疑它是不是連門牌地址都刻意拆了下來？我提醒自己待會離開的時候要記得在門口仔細瞧瞧。

這是坐落在某個隱密巷子裡的不起眼咖啡館，它不起眼的程度到了或許來回經過它二十次、才發現自己已經錯過它二十次了；它並且就是連店的招牌也沒有，如果不是預先知道的人，大概會以為這只是一戶飄著咖啡香的尋常住家吧。大門像是要配合它的不起眼似的、設計得相當低矮，推開這沉重的木頭大門走進去，視線所及是一個極專業的吧台，上面架滿了各式專業的酒杯以及咖啡杯，裡頭還有一台大得過分的咖啡機以及另外一台相較之下顯得太小的虹吸式咖啡爐；吧台前來自世界各地的咖啡豆雜亂地隨意擺放，裡頭站著一個表情很明顯不太想理人的女人，看起來是有點年紀但卻又看不出她真實的年紀，她總穿著一身的黑，而臉色卻異常的白，並且她明顯駝背，不曉得是不是因為個子高的關係。羅毓良也是個駝背的高個子。

這不說話的冷漠老闆娘左食指和中指總是夾著一根細長的菸，不過卻沒有想要抽的意思，每隔一陣子我總會荒唐的想要鼓起勇氣問她、是否就是信封上的洛希本人？如果是的話，為何把信收了卻不讀？就如同她手中的菸，為何總是拿了卻不抽？不曉得為什麼，我發現我寧願這些疑問在腦子裡毫無出處的繞跑、勝過當真開口問她，或許是預期就算問了也不會被回答，畢竟這一陣子以來我每天每天的獨自光顧卻從來也沒有聽過她開口說過話；也或許是因為這麼一來可以分散我腦子裡那些亂糟糟的什麼。

什麼。

她身後是一個種類齊全的酒架，或許晚上還兼著賣酒吧？不曉得，以前我讓羅毓良帶著來的時候我們從沒在這裡待到晚上過，而今我獨自一個人也總是只在這裡待過整個下午，然後就離開，每天每天，像是在度時間，也像是在療回憶。

自癒。

這個過分招搖的專業吧台佔去了咖啡館一半以上的空間，剩下的是總計不過五、六張的桌子，就算生意冷清也看似客滿，不過我想這應該不是它如此設計的用意。

有種毫不在乎的超現實意味，我是這樣覺得的。

店內音響沒有一天例外的放送著不知道哪個年代的西洋老歌，音量刻意調的極小，以一種孤獨的姿態獨自在這狹小的空間裡唱著，除此之外幾乎就再也沒有別的聲音了。

不想理人（確實也從沒見她理會過任何人）的冷漠老闆娘自然是安靜的沒錯，但店裡的客人卻像是約好了似的，無不是發呆或者低頭滑手機，就算是有交談的人，也是以像正說著心事般的音量交談，感覺像是有個無形的遙控恰到好處地限制住了這店裡的音量總合；第一次和羅毓良來的時候我曾經忍不住好奇的尋找店裡是否有張貼禁止喧嘩的告示，但是結果並沒有，沒有禁止喧嘩的告示，也沒有任何可供閱讀的書報雜誌。不過這並不是我之所以會看著這封信的原因。

信就被釘在我這張桌子桌邊的牆壁上、也就是吧台的角落入口處，這裡是店裡最隱密的角落，我總是挑這位子獨自坐；這純白色信封對比出這咖啡館裡的昏暗，而信封鼓起的程度則更是襯出它被收下但卻不被拆封讀取的寂寞；有幾度我是很想拿下它、看看信的另一面是否填寫了寄件人是誰？會是什麼樣的一個名字？甚至、如果我夠勇氣的話，我還想要打開來閱讀這裡頭會寫著什麼樣的內容？由什麼樣的人寫下並且不嫌麻煩的寄出？對方是不是早就預期了它終究不會被打開讀取？

想來的確好笑，這根本就不是寫給我的信而對方也沒可能會是我認識的人，然而我卻對它充滿了好奇以及無限的想像，或許傷心確實會讓我們發現不一樣的自己。

這是一封寄給洛希的信，寄信人的姓名和地址（如果有寫下的話）被釘在牆的另一面不被看見，我不知道洛希是誰，我懷疑這冷漠老闆娘就是洛希本人，我想像此刻我筆直的走向她、然後或者若無其事或者十分慎重地喊她一聲洛希、她會有什麼樣的反應？她是不是依舊冷冷淡淡的不為所動、毫無反應？看了也像是沒看到、聽了也像是沒聽到，但卻、清清楚楚明明白白地記得來過這裡的每一個人以及習慣喝的咖啡。

她為什麼總是把菸拿了卻不抽？如今還把信收下了卻不看？她是不是也曾經把人給迷了卻不愛？

『妳在看什麼？』

檸檬的聲音把我從單方面的想像拉回現實，抬頭，搖頭，我說：

「你怎麼會知道這裡？」

『他告訴我的。』檸檬沒說這話裡的他是誰，或許是他認為不必刻意說明我自己就知道。

我確實知道。

『他說可以試著來這裡找妳。』檸檬接著又說，然後意識到自己的音量在這安靜的空間裡變成是種突兀的存在，於是他降低了音量，同時拉開椅子坐在我的對面，問：『妳當初是怎麼找到這種連 google 也沒轍的地方？』

「羅毓良帶我來的。」

我試著自然的說，然而檸檬的表情卻隨即暗了下來，我發現我不是很喜歡他此刻的表情，像是犯了無心之過的孩子那般，我還發現此刻在他眼中我大概也是同樣表情，我想告訴檸檬這不是誰的錯，只是我們錯在都不應該假裝我們不會聊到羅毓良，或者應該說是：我們都不應該假裝聊到他時我不會也沒可能再感覺到傷心。

而這甚至不算是羅毓良的錯，他只是死掉了而已，他有什麼錯？

於是我才知道，傷心的可恨之處在於：妳以為妳已經放下，可它卻冷不防找上妳，還潰堤。

潰

堤

這是羅毓良過世之後我第一次說出他的名字，我以為我會這麼告訴檸檬，或許試著釋懷，或者接著就這麼自然的哭泣，在他面前毫無保留也無需保留的哭泣、就像從前的我們那樣；可是結果我沒有，結果我只是做了個深呼吸藉此重新整理好情緒，然後低著聲音的問他要喝什麼？

『這裡要自己去點是嗎？我去就好了。妳要不再喝一杯什麼？』

「是啊，好像我會因此改喝別的什麼。」

『好啦。』

兩杯熱拿鐵，冷漠老闆娘沉默不語的端上放下，再沉默不語的離開，我注意到她走回吧台的第一個動作依舊是立刻夾起那根香菸，還注意到當她站定面對著牆壁放下我們的咖啡時、臉上依舊是無視於這封信存在的表情、就像是每天每天她站在這裡端上我的熱拿鐵那樣。

再一次凝望著被釘在牆上的純白色信封，耳邊、我聽見檸檬說：

『嘿，妳其實不必連我也推開的。』

我知道。我聳聳肩膀，於是檸檬換了個話題：

『在妳缺席的這陣子有兩件事情報告：第一是我很難過的發現妳居然連我的手機也不接，第二是我很高興的發現妳起碼還是賣老公主的面子肯接她的手機，雖然電話是我打的。』

「我知道那不是你媽打的電話。」

我試著微笑的說，我看著他試著說：

『我們打算羅誌銘出院之後去我家再辦一次烤肉聚會，語樂說她可以開她家的休旅車載大家去，這樣比較有空間放羅誌銘的輪椅，就算順利出院了，他大概還得坐好一陣子輪椅吧。然後致晟接著說他可以負責抱羅誌銘上下車，不過可能還是得語樂她老公幫忙才行，雖然他瘦了很多、這次生病之後……』

「她後來決定買了什麼顏色的車？」

『嗯?』

「語樂。」

『喔。黑色的。』檸檬說,檸檬低著眼睛又說:

『他還是一個人。』

我低頭喝了口咖啡,然後問:

「語樂還好嗎?」

『好得不得了!依舊是個fb控、海洗我們的fb首頁,只是從她個人的美豔嘟嘴擠奶照變成是她寶寶的每日生活報告,這下子她是真的擠奶了,哈。好啦,不拿神聖的媽媽開玩笑;跟妳講,我還當真算過,她一天最少發三次照片最多發八次,好像是害怕我們不知道她真——的過得很幸福快樂的樣子。』

或許她就是要某人知道。我心想,我沒說。

「我還以為你在那裡工作忙得不得了,原來還有閒時間偷算這個喔?」

『跟妳講、妳真該為了看看現在的夏語樂重新或者偷偷打開fb的,變了好多,連睡覺都沒例外的假睫毛大濃妝不見了,整個人從超級大正妹變成親切的鄰家大姐姐,親切到老公主走在超市裡遇到這女人的話,會毫不考慮的問她日本柴魚口味的醬油放哪裡。』

「誇張。」

『真的啦!嚇死我們、尤其是體重,現在肉呼呼的好像瘦不回去,難以想像以前是擠奶排骨精，雖然她將這一切解釋成因為考慮到母奶的營養所以不想瘦太快搞壞身體叭啦叭啦的。看來她婚禮還有得等。』

不確定是說得太過癮所以反而過意不去、又或者是考慮到那幾年語樂和我的感情，檸檬像是要平衡似的，改口說：

『不過真沒想到她素顏還滿漂亮的，完全認得出來那就是她，』然後，聳聳肩膀，檸檬還是加了這麼一句：『雖然胖了很多。』

「語樂素顏本來就還是個大美人，」我說，「而且她才沒有連睡覺都化妝好嗎？」

『是啊，致晟也這樣說。』

檸檬脫口而出的說，然後打住了話題、小心翼翼的看著我，我想要假裝沒看到他此刻的這個表情，也不想要去思考致晟現在還是一個人對我有什麼意義？又為了什麼、檸檬要特地把這話說出？我於是轉過頭去看著牆上的純白色信封，彷彿那封信能夠將我救贖、改變似的、看。

在這當下，我真希望我不是我，是信上寫著的洛希，或者隨便什麼人都好，都好。

——很多人住旅館會習慣把備品帶回家當作是旅行的紀念品，有些人則是拿名片，而我是拿信封和信紙，我喜歡拿印有旅館logo的信封信紙，別問我為什麼，我自己也不知道，我甚至從來沒有手寫過信給誰。

——妳可以寫給我啊。當作是旅行中的明信片，而且是不必害怕擔心被偷看到的那種。

——我寫信給你幹嘛啊？

——練簽名啊。

——無聊。

妳想要的，只是我的後悔嗎？

你是這麼認為的嗎？

原以為檸檬會順著話題聊起致晟，再試著聊起致晟，聊他還是一個人，聊我還是一個人；可是結果他沒有，還好他沒有，他果真還是我的檸檬，那個所有人都以為我好好的連我自己也以為我好好的時候，只有他會走向角落問我怎麼了的檸檬。

他轉而聊羅誌銘、這次他突然回台灣的主要目的。

『一回來就先去醫院看他了，若不是行李太多太重的話，還真想要直接從機場搭計程車去看他的，不過當然這是不可能的，首先老公主才不可能允許，當然我指的是不可能允許我從機場搭計程車。』

「他還好嗎？」

『醒過來了，接著要復健，還不曉得什麼時候可以出院。不過……嗯，右腦中風的結果就是智力行為能力退化到只剩五歲小孩的程度，連自理生活的能力都還沒有，真沒想到年紀輕輕的怎麼會這樣，當時他小孩才剛出生呢，老婆都還在坐月子呢，可憐哪！』

「到底是什麼了？」

『正確的病名不清楚，我沒見到醫生，而羅爸爸又說得不清不楚，反正就算他說清楚了我也記不起來，那麼多專業術語誰記得住？』檸檬的語調突然升高：『妳能相信嗎？我們就在病床旁邊當著他的面說這些，不用避開因為反正他也聽不懂而且反正——』

「嘿！」

『好，我知道。』檸檬做了個深呼吸，然後試著儘可能平靜的說：『只說他從小就必須吃抗凝血劑，是先天的。』檸檬說，生氣的說：『我真的很受不了他這樣妳知道嗎？既然是從小就必須吃的藥，怎麼會忙著工作存錢忙著照顧懷孕的老婆什麼的就疏忽了忘記吃？都那麼大的人了！都即將要當爸爸的人了！』

「嘿，」輕握著檸檬緊握在桌上的拳頭，我說：「會復原的，我們還算年輕不是嗎？好好的做復健就可以復元的不是嗎？」

『是啊，前幾天去醫院看他的時候好像有點認得我們了，只是——』

「我有看到你們錄給他看的影片，很感人。」

『是啊，這我倒不懷疑，因為連夏語樂都回應說哭哭——算了！我這次回來的時間比較短，不要再浪費時間說她壞話了，祝她幸福快樂，真高興看到她幸福快樂得冒泡——妳知道，總是會有這麼一個人，你真的真的會打從心底毫不在乎她究竟幸不幸福是不是真的快樂。』嘖了一聲之後、檸檬繼續說：『那是醫生的提議，說要我們找一些舊照片給他看，刺激他的腦神經什麼的，或許能夠幫助他恢復記憶。』

檸檬說，然後轉開臉，就像影片的最後那樣。

那是致晟拍的影片，雖然致晟從頭到尾都沒有出現在影片中、只有躲在鏡頭後的旁白聲音，以及，大量的剪接照片，我們五個人的合照，那幾年。

我們曾經那麼單純地快樂過。

我們畢竟快樂過。

我們愛過。

照片是以時序展開的，而致晟的旁白像是給小孩說故事似的、一張一張一段一段說起每張照片當時的背景故事，照片中的人是誰哪、我們去了哪呀吃了啥呀說了什麼又笑了什麼呀，好多好多的回憶，還清楚記得的、原以為忘記的，隨著致晟的旁白，一幕幕的又回來了，都回來了。

還清晰如昨。

他一向很會說故事。

照片之後是影片，影片的開頭是語樂和她老公在致晟店裡吃燒烤的畫面，大概是他們一起去醫院探完羅誌銘之後的聚會吧，我猜；鏡頭的後面是致晟要他們說話的聲音，可是結果他們只是一臉的不自在，不確定是因為面對鏡頭的關係、又或者是因為心情沉重，我忍不住想到如果當時檸檬也能在現場的話就不會是這樣了，他就是有這本事，康樂股長似的本事，恰到好處的串起我們每一個人。

果真下一段影片就是補上缺席聚會的檸檬錄了傳給致晟的影片。

人在廣州的檸檬，鏡頭前還有他現在的女朋友，我注意到這女孩的視線總是緊緊追隨著檸檬，彷彿是以他為世界中心那般的、看，像是以他為世界中心的、活；在影片的最末檸檬說著：要趕快好起來喲，下次的聚會大家都要到！沒有致晟自己的影片我注意到這點，而至於我、致晟則是剪了一段我唱歌比賽的畫面，我忘記是哪一次，不過畫面裡他們每一個人都在觀眾席上為我加油著；接下來的影片是前幾天、檸檬和致晟去醫院看羅誌銘的側錄，對此致晟旁白了個標題：羅誌銘康復日記。

影片裡的羅誌銘已經拔管、轉入普通病房，雖然已經恢復清醒、但神情看起來卻像是小孩子似的，而確實影片裡的檸檬就是以對著小孩子說話的態度對待他：檸檬餵他吃飯、告訴他這是哪裡，他自己是誰，剛才影片中的我們又是誰，比著手指問他幾加幾是幾。有幾次羅誌銘正確無誤的回答，有幾次他很困惑的搖頭，每當他感覺困惑的時候就會看著鏡頭，但或許他其實是在看著致晟，因為致晟總是會在鏡頭外適時的告訴他：沒關係，慢慢來，沒關係。

接著是檸檬扶著羅誌銘在醫院走廊慢慢重新學走路的背影。在這一整段緩慢的畫面裡，致晟都沒有聲音；影片的最後是他們回到病房，檸檬扶著他躺下將他交給羅爸爸，接著，影片結束在檸檬終於忍不住轉頭偷擦眼淚。

「我有看到你偷哭。」

我說，然後看著檸檬淨白的臉蛋紅起，接著很檸檬式的轉移話題：

『我從來沒看過他吃藥，我們不是幾乎每天混在一起還一起出去旅行過好幾次嗎？兩天一夜、三天兩夜、甚至是畢業旅行，都沒有看過他吃藥，而且他早些年甚至還跟著我們一起喝酒，每次每次！他有說過什麼嗎？沒有！他是不是該說些什麼呢？他幹嘛不告訴我們！』

「嘿，」再一次握上檸檬緊握的拳頭，我安慰他：「我也是，沒看過也沒聽他說過，難以想像我們認識那麼久了呢。」

『妳有哭嗎？』

「什麼？」

『影片，看那影片，妳有哭嗎？』

「要你管。」

我說，然後檸檬開開心心的笑了起來：

『我真的很喜歡聽妳說這句話這三個字，我知道我講過很多遍了可是我就是想要再說一遍。』

「呵。」

『很懷念，看著致晟剪輯的那些照片，突然想起了好多事啊！那麼多的回憶，和青春，那些說了別人也不會懂只有我們自己會知道的笑點，那些我們……嗯。』

那些我們一起的青春。

『妳有注意到嗎？他挑了好多張和妳的合照……』

低頭，我喝了口咖啡，抬頭，我給了他一個類似微笑的表情；我知道他有很多的話想說，有很多的事想勸，可是我不確定我是不是想要聽，很多的話說了反正也早就已經來不及，而很多的勸其實當下早就心知肚明，只是不願意承認而最後也終究於事無補罷了。

何必呢？

指著他背後靠近門口的那張桌子以及總是獨自一個人坐在那裡的男人，我換了個語氣，告訴他：

「你剛走進來的時候有注意到他嗎？長得很帥的一個男人，他總是穿著一身的黑，總是一個人坐在那個位子，總是望著門口的方向，每個推開木頭大門走進來的人、他總是會抬頭望一眼。

「一開始我以為他是在等人，但後來我才明白，他其實誰也沒在等，或許，他連自己也不等了；而現在我則明白：其實在別人看來、我根本就和他很像，只不過我看的是牆上的這封信還有他的背影。我們從頭到尾都不存在自己的視線裡，我們一直一直在看著和自己毫無關係的一切、在這裡，這家連名字也沒有的咖啡館裡。」

『所以呢？』

「所以我發現那或許就是我們每天每天走進來這裡的原因，不是沒有地方可以去，只是想要個地方躲，躲避那扇木頭大門外面的自己，暫時的；所以我發現自己居然會開始這麼希望，希望有一天我推開這木頭大門走進來的時候，這個男人已經不坐在這個位子上了、去過他下一段的人生了，我不知道我為什麼會這樣希望也不知道該怎麼解釋，我只是每天走進來的時候低頭看他一眼而已，不過他的臉孔他的氣質就是會讓人這麼希望他，祝福他，而我真的很希望那一天會到來，雖然我根本就不認識他，也沒打算認識他。」

而且這男人這畫面原先還是致晟告訴我的，而這，也是我這陣子再一次走進這咖啡館的原因。

『小樵──』

我試著開朗的說：

「嘿！聽著，承蒙您的擔心，我沒事，我會沒事的。還不知道是哪一天、不過我相信總是會有那麼一天，我會告訴自己：我沒事了。而且你知道怎樣嗎？我也會第一個告訴你、就像我們以前那樣，我總是第一個告訴你！」

『是啊，不管是清晨還是半夜。』

「是啊，而且說了之後我依舊會氣惱的發現、其實你早就猜到了，只是等著我自己講而已。」

檸檬開開心心的笑著，我還是好喜歡他的笑容，像隻友善又真誠的可愛大狗，令人心暖。

我們為什麼不能夠選擇自己愛誰？

「所以，別擔心我了、真的，換個話題好嗎？我們沒有別的話題可以聊了嗎？」

『好啊，如果妳答應下次聚餐會出席的話，我們真的不能再聚一會了嗎？我真的真的很希望我們可以重聚在我家烤肉，為了羅誌銘，也為了我們五個人。』

「已經不是五個人了。」

『是啊，語樂一家三口，羅誌銘一家三口。不過我猜妳指的不是這個，對吧？』

「……」

『妳怎麼可以這樣對妳的另一半？』

檸檬故意擺出一臉的無辜表情，而我忍俊不住的跟著也笑開來：

「那你呢？你究竟什麼時候要娶你女朋友？她看起來真的很愛你這個唇紅齒白的奶油人耶。」

『是啊，感謝妳對奶油小生的精闢解釋呢。』

「呵，你還記得。」

『那當然！連老公主聽了都笑開懷的說真是活靈活現的解說，什麼、就是直接從奶油刻出五官然後做成人，嘖！虧她還是我媽，我這張臉還不是她的傑作！』

「是啊，很美的傑作，」我笑著說，「嘿、檸檬，我是說真的，讓一個願意也懂得珍惜你的人空等，那就真的是太傻了。」

『知道啦，傻女孩。』

「……」

檸檬意有所指的說，接著我們沉默了好一會，然後我們在這段彼此始終無法習慣的沉默裡把各自的咖啡喝乾，也把各自的心事推開。

試著推開。

起身，付錢，檸檬像是想到了什麼似的、邊走邊回頭笑著說：

『問妳喔，妳其實早就猜到我的初戀女友是誰了對不對？』

「幹嘛突然問這個？」

『要把握最後的機會啊。』

「什麼最後的機會？」

『我很害怕這會是我最後一次看到妳。』

「……」

『這會不會是我們最後一次的見面？』

「……」

『因為妳剛才沒有回答我、下次的聚餐妳會不會來，而我覺得，妳其實早就不打算再出現了，雖然妳其實早就一直不出現了。所以妳退出我們的社團、是因為妳想要退出我們的世界，可是我真的真的沒有想過妳會連我也放棄，所以妳不接我電話，所以妳剛才不想回答，因為妳不想拒絕我，可是妳也不想要騙我，對不對？』

「……」

『越是害怕的事情，大概就越是反而會成真吧？真無奈，所以我大概不應該一直害怕見不到妳，所以我真的不該再害怕失去妳，早知道——』

「是的。」

『嗯？』

「是的，我早就猜到了，」

是的，我不會拒絕你，而且，也從來就不想要騙你，可是我真的沒有想過，會有那麼一天、當那一天真的到來的時候，我會痛得連你，也放棄。

「是的，傻檸檬。」

最後，我這麼說。

第一章 但其實我們早已相遇

青春讓我無法呼吸——王小棣／《刺蝟男孩》

之一
王致晟

最重要的事。

五歲那年我覺得人生中最重要的事情就是吳子晴在家。

五歲那年我幾乎每天下午都和她玩在一起，雖然嚴格說起來我和吳子晴既不是家住附近的鄰居、上的也不是同一所幼稚園（雖然我們同樣都五歲），不過確實吳子晴是我五歲那年認為最重要的事情，以及是的、最重要的朋友；往後回想起來，如果我在五歲那年就擁有稍微一點的審美觀並且了解什麼叫作男生愛女生的話，那麼搞不好吳子晴還會變成是我人生中第一個愛上的女孩也說不定。

『長得好漂亮的一個小女生、晴晴，看了就讓人心情變好。』

我常常聽到媽媽這麼說起她或者彎下腰摸摸她的臉這麼告訴她，不過當時的我們還搞不懂漂亮是什麼意思，而且反正這也不重要，玩比較重要；並且，吳子晴是個混血兒，這也是媽媽告訴我的，我沒想過要問媽媽混血兒是什麼，反正媽媽大概也沒空理我更別說是解釋給一個五歲的小孩子聽，每次媽媽一到吳子晴的家就是立刻埋在麻將桌旁邊，直到奶奶不高興的電話打到桌邊的每個人都不耐煩為止。

我五歲前的回憶模模糊糊，只隱約記得爸爸的工作很忙，奶奶的脾氣很壞，爺爺在這前後過世，而小我兩歲的弟弟還是很膽小怕生又愛哭、一點都不好玩，但也因此他不像我三歲的時候就因為奶奶要照顧生病的爺爺、媽媽要照顧剛出生的他，於是沒有人照顧的我就被送去幼稚園唸白兔班。

五歲之後我的記憶才慢慢鮮明起來，我記得幼稚園的老師覺得我很令她頭痛，詳細的原因記不清楚，只記得有回媽媽來接我下課時，她們有過這麼一段對話：

『晟晟媽媽！如果妳早上沒有時間送晟晟上課的話，是不是可以考慮讓他坐娃娃車？因為這樣他早上的英文課都沒有上到，這會拖累全班的進度。』

『晟晟要是和全班一起上英文課的話，才會拖累大家的進度吧？』

說完，媽媽自覺很幽默的笑了起來，而我雖然聽不太懂不過也跟著笑了起來，但是站在我們母子倆對面的老師好像很不欣賞媽媽的這個幽默，我記得她當時候嘆了一口氣。我一直想不起來老師到底叫什麼名字。

長大後我的英文還不錯、其實。

媽媽不堅持我必須要贏在起跑點上面、或者上一大堆的才藝班，她更不像奶奶會堅持所有的事情：作業要先寫，晚餐要吃完，不可以挑食、不可以吃零食、不可以看電視、不可以太晚睡覺、尤其是不可以把弟弟弄哭……這些媽媽通通不管，她總是笑嘻嘻的說：

『這麼小的孩子嘛！快樂就好。』

什麼都不堅持的媽媽只堅持她每天要送我上下課，因為這麼一來她才可以偷溜去吳子晴家打麻將，那大概是她每天唯一快樂的時光吧、我想。

我不太明白為什麼奶奶那麼討厭媽媽去打麻將，因為媽媽在那裡看起來很快樂，才不像在家裡的時候總是一副很累很緊繃的樣子，雖然那裡總是有很多人抽菸搞得很臭，可是那裡的人都對媽媽還有對我很好，每次去的時候都會叫飲料給我們喝也不像奶奶滿嘴這個不准那個不行；常常媽媽走不開的時候，子晴的媽媽還會幫她去幼稚園接我下課；而且我在那裡也很快樂，沒有一個大人會管我們在做什麼，每天就是和吳子晴一起吃零食喝汽水然後騎腳踏車偷溜去附近公園的溜滑梯玩，吳子晴才不像弟弟那麼愛哭也不像我們班上同學那麼愛告狀，所以我才會很喜歡欺負她，欺負她很好玩，故意裝鬼嚇她啦、把她汽水喝光啦、腳踏車騎很快讓她追不上啦……諸如此類的五歲回憶。

我五歲時認為最重要的事情：吳子晴。

可是突然有一陣子媽媽都沒有帶我去吳子晴家，我一直纏著媽媽問了好久，她才終於告訴我：

『晴晴的外公死掉了，他們家在辦喪事，所以我們不方便過去。』

「什麼是死掉？」

『就像你爺爺死掉、飛到天上睡覺那樣。』

這話我想了想，然後想要試著搞懂的問：

「所以晴晴的外公也睡在天上的雲裡面了嗎？」

『對啊，爺爺最疼晟晟了喔，雖然生病得很難過，但是只要一看到晟晟就還是立刻笑了喲，還笑著流眼淚喲。晟晟想爺爺嗎？』

「想啊。」

『那我們來跟爺爺講話吧，請爺爺在天上保佑我們！』

於是我們大手牽小手，一起跑到門外對著天空上的雲朵喊著爺爺、爺爺。

那是五歲時的我，那是我還會哭的年紀，五歲。

然而有一天當媽媽終於又開始載著我去吳子晴家時，她卻不見了，反而是她那兩個不常在家的胖哥哥呆呆的坐在客廳裡看電視，他們不理任何人也不被任何人理會，這實在是很奇怪的事情，因為那天甚至沒有一個人在打麻將，而且每個人看起來都是一副明明就想要離開但卻又不得不待下來的表情，連媽媽也是。

在回家的路上我問媽媽吳子晴呢？這次媽媽大概是心情不好所以很乾脆的就告訴我：

『晴晴被送走了，她現在可能正在天上穿越雲朵吧。』

「她也死了嗎？」

『沒有，她只是被送走了，去美國吧？不曉得，聽完就忘了，一堆壞消息，聽得心情都差了，還記住幹什麼？』

「為什麼？」

『因為她外公死了，所以他們家沒有人賺錢付房貸帳單過生活了，所以他們要搬家了，所以我們不會再來了，這下子你奶奶高興了，我終於可以悶在家裡當個賢妻良母了。』

「妳不是說她外公死掉就像爺爺死掉那樣嗎？那為什麼他們要搬家我們不用搬？」

『因為我們家跟他們家不一樣，因為我們有爸爸而他們只有外公——算了，以後你就會知道。』嘆了口氣，媽媽決定放棄：『晟晟不要講話了讓媽媽安靜一下好嗎？媽媽頭很痛。』

我不管，因為還有一件很重要的事：

「可是我沒有跟她說再見。」

不理我，媽媽自言自語似的說：

『乾脆隨便去找個什麼工作好了，省得每天在家裡跟老佛爺大眼瞪小眼，最後被送進精神病院。』

結果媽媽才沒有去找工作，她只是在那不久之後換了個地方繼續打麻將而已，而我也在不久之後把吳子晴給遺忘，或者應該說是：我以為把她給遺忘。

有很長的一段時間，我以為不再想起一個人，就算是遺忘，而後來我才知道，有的時候，是因為傷心得不願想起。

無論如何我其實並沒有遺忘吳子晴，我反而還夢見她，而這年，我十五歲。

夢裡面我確實就是十五歲的模樣，而吳子晴卻還是當年那個五歲大的小女孩，她講話的時候還是會習慣性的挨著對方靠得太近還不自覺，並且就像是害怕對方會突然走掉似的、一鼓作氣把想說的話哇啦哇啦道出、說得上氣不接下氣，一副好害怕對方沒有聽到的慎重表情、說的不過就是些我都佔著溜滑梯或者故意把她的盪秋千推得好高她好害怕這類的童年小事，好重要的小事；而夢的場景確實就是我們正在盪著秋千沒錯，而至於夢的結尾，是她指著藍天白雲，說：

『嘿！下雨了。』

然後我就醒了。

其實我知道這夢是什麼意思，日有所思夜有所夢、根本。

因為那個讓我想起吳子晴的女孩，那個叫作夏語樂的女孩，我真希望她就是吳子晴的那女孩。

十五歲。

十五歲之前我活得很像媽媽，十分善於閃躲並且學會隱藏，因為這樣比較不會被大人找麻煩。

有一件事情我記得好清楚，是小學忘記幾年級的時候、反正是弟弟也上小學了的年紀，那天放學後我在家的附近看見弟弟騎著腳踏車被對向的機車撞倒，小小的擦撞而已、並沒有流血，不過弟弟還是照例嚇得放聲大哭，而我的反應是：繼續往前走。

弟弟歇斯底里的哭聲引來了鄰居大人的注意，接著我看見奶奶跑了出去，雖然只是沒有流血的小擦撞，不過奶奶還是很慎重的叫了救護車還去了趟醫院；本來我以為事情會就這麼結束，可是結果晚餐的時候，奶奶當著全家人的面、鐵青著臉質問我：鄰居都說我有看到，為什麼不立刻去救弟弟？

「因為每次我跌倒受傷的時候媽媽都裝作沒看見啊。」

我直覺想要這麼說，但還好我沒有，閃躲，隱藏，安全。

我無法解釋為何當時我竟沒有停下來救弟弟，同樣的，我也無法解釋，為何到了十五歲那年，我會變成完全不一樣的我，採取完全不一樣的方式面對。

我無法解釋我為何會突然崩壞。

崩

壞

十五歲之前我的成績不好不壞，朋友不多不少，雖然分組作業或者打籃球的時候總是不會落單，不過確實並沒有擁有能夠說得上心底話的好朋友；老師在課堂上問問題時不會主動舉手但也不會刻意低頭，雖然也覺得考試和基測有夠煩，但總也知道反正寫考卷就對了，我沒有雄心壯志要考上第一志願，但也不至於痛恨得要撕了考卷發動革命。

在學校裡確實也遇過幾次麻煩，上學途中被那些惡形惡狀的傢伙要錢——好吧，都給你，不過留個一百塊給我吃飯吧。下課時被幾個看我不順眼的人叫進去廁所——不，我不知道，沒，沒有喜歡她。

反正都當作是教室外的考卷就是了，大事化小小事化無就是了，是懷抱著這樣子的中庸之道度過了我十五歲之前的校園生活。

我只想安靜的把這三年過完，把基測考好，然後離開這裡，到下一個地方去。

我本來只是想要這樣而已。

然後我變成十五歲。

在我變成十五歲的這一年，我注意到國一的新生裡有個叫作夏語樂的女生，其實不只我，全校同學都注意到她了，男生女生，都注意到她了，很難不注意她，她美得太搶眼。

一開始我以為她是長大後的吳子晴，或者應該說是、我覺得長大後的吳子晴長得會是她這模樣；不過當然這誤會並沒有維持多久，因為她們根本年紀不同、名字不同，她們只是都漂亮，而且都漂亮得太搶眼而已。

她引起了全校男生的騷動，她很難不引起全校男生的騷動，不過弔詭的是，這麼樣一個引起全校男生騷動的女孩，卻沒有幾個男生敢追她，並不是因為我們把她當成女神般膜拜，而單純只是她在國中的時候就顯得特別早熟。她在當時看起來就已經像是電視上雜誌裡的那些高眺骨感的女模特兒。

在她面前，我們每一個人看起來都還像是個小屁孩，小屁孩怎麼配得上和女神談戀愛？

她害我們自慚形穢。

『夏語樂大概可以直接走進夜店不會被檢查身分證。』

一開始只是男生之間這方面的玩笑話而已、對於引起我們集體騷動卻沒有人敢行動的夏語樂，然後漸漸的，玩笑話越來越誇張，誇張成了流言：

『聽說她被好幾個星探要過電話了，現在已經在當外拍女模。』

『聽說她會抽菸，下課後還會去夜店喝酒。』

『聽說她已經有男朋友了，是夜店的樂團鼓手，左手臂有刺青，刺的是老虎！』

『聽說她已經不是處女了，你們知道怎麼看嗎？走路的姿勢！』

聽說聽說聽說，這些越傳越誇張的流言從來就不被夏語樂本人證實，甚至有沒有人聽過她的聲音呢？有幾個人跟她說過話呢？都還是個疑問。

沉默的夏語樂，被流言蜚語攻擊著卻從來就不反擊也不知為何而來的夏語樂，和我們身處同一個校園卻彷彿不是同一個世界的夏語樂。

美得超齡也危險，害自己危險。

有時候我會幻想著自己變身成為超級英雄（隨便哪個超級英雄）走向那些故意噓她鬧她的男同學女同學面前、勇敢的為她說幾句公道話，又或者就是直接把她帶走，可能很酷也可能很帥氣的要他們別再煩她了！不過我從來都只是想想而已，從來都沒有這麼為她做過，可能是我慣於閃躲，可能是我善於隱藏，也可能只是我和絕大多數暗戀她的男同學一樣，覺得她是高高在上的女神，而在女神面前，我就只是個自慚形穢的小屁孩而已，小屁孩憑什麼高攀，甚至出手救她保護她？更有可能只是單純的覺得：那是她課堂外的考卷，而她的考卷太高太難太危險，我撕不了。

在國三那年我從來沒有真正出手救過夏語樂，甚至也沒敢找她說過一句話；在國三那年我想也沒想過，我居然會真的出手保護我弟弟。

終於出手保護我弟弟。

我們兄弟長得很像，儘管相差兩歲，但從小到大就經常被不明就裡的人誤會成是雙胞胎，雖然我們兄弟倆都不這麼認為，不過照片卻騙不了人，有時候翻看我們小時候的照片，經常我們也會分辨不出照片中的那個小男孩是他還是我？不過這事好解決，反正別去翻舊照片就是了，反正家裡一向只有奶奶喜歡沒事就翻著相簿還把我們叫去陪著她看，反正自從奶奶過世之後，家裡就不再有人繼續幫我們拍照片了。

然而那天，那個灰濛濛的陰天，連我自己也無法否認的是：我們兄弟倆長得真的很像。

在那個灰濛濛的午后，看著被堵在樓梯間的弟弟，我彷彿看見了自己，或者應該說是，兩年前的我自己。

我很受不了，我就是突然地覺得再也受不了了，這樣而已。

那是福利社轉角的樓梯間，每個稍微有經驗的同學都會知道沒事最好繞道避開那個地方，因為那裡是那些壞學生們經常聚在一起抽菸的地方，然而還是新生的弟弟卻不知道這件事情，傻楞楞的就走了那道樓梯正準備往福利社去。

他是白痴嗎？沒事走那裡幹嘛？我沒告訴過他嗎？都沒有人告訴他這件事情嗎？白痴白痴白痴！

這是我當下的第一個念頭，接著我認出他們是最愛招惹夏語樂的那夥人，不確定是這個原因，又或者我只是單純的錯覺彷彿此刻看到的不是弟弟而是兩年前那個同樣被堵在這裡找麻煩的我自己；兩年前我的遭遇是或者花錢了事或者若無其事的讓他們覺得無聊最後安然走開，而兩年後的弟弟，他既不閃躲也不隱藏，就是這麼直接的表露他的害怕。

這正中他們的下懷。

他甚至嚇得快要哭出來了。

這讓我很受不了，我甚至也想揍他了。

接下來的畫面連我自己也意外的是，這次我不是繼續往前走，走向福利社去買那瓶我原本想買的該死的什麼，卻是筆直的走向他們，然後說：「你們不要弄我弟。」

你們不要弄我弟。我說，我從頭到尾就只說這一句話，重複這句話、不管他們飆了多少髒話狠話，我想說的也唯一說的就這句：「你們不要弄我弟。」

接著我們開始互相推來推去，然後我們打了起來，然後鼓譟圍觀的同學越來越多，接著老師來了，訓導主任也來了，最後他們全被叫到訓導處前罰站，而我則被送到保健室檢查傷勢，接著再送去醫院治療。

那天是媽媽第一次被請到訓導處談話。

往後這場景將會變成是她的家常便飯，她會開始司空見慣。

那是我人生中第一次打架的經驗，我被揍慘了，一開始是二比八，接著沒多久，變成我一個打他們八個，因為眼看不妙的弟弟趕緊跑去求救；那是我人生中第一次打架的經驗，我被揍得很慘，但隔天名氣卻變得很大，因為當時在我們學校裡，從來就沒有一個人敢對這群人反擊。

在那之後開始更多更多人跑來找我麻煩，從放學後在校門外堵我、變成上課時直接把我叫出去，有時候我打贏，有時候我打輸，但不管是輸是贏，沒有一次我不是流著血回家，然後讓弟弟幫我擦藥並且在爸爸回家之前掩護。

其實打架和體育競賽很像，只要練習多了，自然就上手了；只要把心底的恐懼殺死，任誰都能變得強大；於是我才知道，原來我還滿能打也滿會打的，或許是仗著身高的優勢，或許是仗著小時候學過跆拳道的優勢，或許仗著一直以來就是籃球隊的優勢，更或許單純只是：在那個灰濛濛的午后，在那場我人生中第一次的幹架裡，我身體裡骨子裡有個什麼壓抑了好久忽視了好久沉默了好久的東西，被喚醒。

關於青春，以及暴力。

喚

醒

原來變強是這麼一件令人有成就感的事情，原來耍狠是這麼威風的一個感覺，原來走偏，從來就只消一念之間。

同樣的，也開始會有不認識的同學跑來喊我晟哥（這聽起來實在很蠢），然後漸漸的，我身邊總是會跟著幾個小弟成群結黨了起來，處理這個、教訓那個，還有漸漸的，我開始也覺得應該要抽菸喝酒不爽嗆聲還見義勇為，終於漸漸的，我變成了當初我會避開的那種人，同時卻還能夠自我感覺良好的自欺：至少我在班上是個安定的力量，可以保護同學，而且沒人敢再欺負我弟。

我以為我有了歸屬，我以為這就叫作長大。

我逞兇鬥狠卻也有驚無險的度過國中最後這變調的一年，接著我考上如果不是沒有辦法、誰也不會想要主動去讀的高中，結識更多物以類聚的同黨，並且從證明誰的拳頭硬、進階成為刀來槍去的不堪，而媽媽從被請去訓導處談話、變成是被找到派出所領回她這個又闖禍了的兒子；她不敢告訴爸爸，也不知道該拿我怎麼辦，就是在那幾年裡，我開始明白，為什麼她那麼愛打麻將。

打麻將簡單多了。

那真的是很不值得提起的回憶，那差點唸不完高中的歲月，那段既醜惡又暴力的過去，好幾次還差點鬧出了人命；我真的很想遺忘，也無數次祈求能夠把那幾年從我的人生中抹去，我願意不計一切代價只求將它從我人生中抹去，因為後悔很重，而該道歉的人又太多。我原先是個厭惡霸凌的人，但後來我卻變成了別人眼中的霸凌噩夢，還避之唯恐不及；我怎麼可能只有這兩種選擇：霸凌別人，或者被人霸凌？

每每回想至此，我都快要無法呼吸。

我於是不願意回憶，我甚至經常在睡夢中嚇醒，夢見我滿臉是血，或者終於不再僥倖終於闖出無法挽回的大禍；我曾經一度夢見我躺在加護病房裡意識清楚卻動彈不得，我聽見家人在哭我看見醫生搖頭，接著他們決定關掉我維生的呼吸器，夢的最後是我流下了後悔的眼淚，卻沒人能懂，沒人懂其實我想活。

那個夢好真，而夢裡的後悔好沉好痛，痛得我不敢也不想再想起，卻又忘不掉。

我唯一還願意想起而不斷想起的，是在派出所罰半蹲時，教官衝過來踹我一腳的表情。我真的謝謝他，無論是在當下，又或者是往後回想起來。

這，就是我變壞的經過。

每個聽完我故事的人，都會想要知道、我是怎麼變壞的？只有一個女孩聽了之後她問我：那，你是怎麼又變好的？

我注意到她話裡的這個又，我注意到她自己都沒有發現這個發現。

我始終沒有告訴過她真正的答案。

之二
溫雨樵

十七歲這年我最重要的事情就是把學測考好然後和于倢上同一所大學繼續當好姐妹同學。

我們的第一志願都是師大然後于倢以後想當高中歷史老師而我想當音樂老師隨便是高中、國中或者是國小的音樂老師都可以，或許如果可以的話，我們想要再貪心的希望可以分發到同一所學校然後從同學變成同事讓這份友情繼續延續下去就這麼直到變老直到永遠；不過雖然心底都是這麼許願著但其實我們也知道這大概是不可能的事情吧，因為我們的成績沒意外的話應該是都上不了師大，而且我的鋼琴只有小的時候學過三兩年就懶惰的放棄了。

不會彈鋼琴可以當音樂老師嗎？還是只要歌唱得好就可以？我從國小開始就一直是學校合唱團的主唱。

有個秘密我一直沒有告訴于倢，其實我有在偷偷希望我們都考上淡大就可以，因為這麼一來的話，我們就可以繼續騎腳踏車上課，不然每天要擠捷運也是好累；

我好喜歡十七歲生日時爸爸媽媽買給我的那台奶油色的復古造型腳踏車，光是看著心情就會變好的那種好喜歡，雖然我兩個分別讀高一以及國二的弟弟都異同口聲說這台車純粹只是拍照好看而已根本就不好騎，但是我才不管。

「要你管。」

我分別這麼對他們說，然後依舊心滿意足的騎著去上課，反正我本來就沒有興趣那些可以摺來摺去或者把手彎彎的功能型腳踏車，我只喜歡我自己看了喜歡的東西，我才不管別人怎麼說。

才不管。

儘管我們都沒有承認但同時都心知肚明應該是沒可能會考上師大，不過升高三之後我們還是約定好了不要再去麥當勞讀書因為其實去了都只是攤開講義在聊天而已（雖然這實在是比讀書還要愉快許多的事情），我們後來變成是一起騎腳踏車去家附近的圖書館自習室唸書，而且還故意和對方坐很遠。

可是我們真的都沒有想到結果誰也沒考上師大或淡大，于倢考上和淡水位置相對點的那所出了很多明星的學校，而我甚至連台北都沒能留住，我考上的是中部一所這年才剛成立的新大學。

我好想哭。

我好害怕不能夠再和于倢天天見面一起上學，也好害怕必須自己一個人離家外宿四年，我甚至連期待了好久的迎新舞會都沒有！

我好想哭，我一直就好喜歡美國影集裡常會出現的那種大家都穿著好正式的禮服出席的舞會，而且確實在放榜後也真的和于倢一邊講手機一邊哭。

可是相較於我，爸媽卻顯得毫不在意，只有在這種情況之下、我才會生氣他們的過度樂觀，他們甚至還好快樂的立刻查詢中部有什麼好玩的景點，並且好有效率的立刻規畫了兩天一夜的小旅行；於是在新生報到的這一天（九月十八號我記得好清楚，因為隔天剛好是中秋節）事先就請好假的我爸媽還有我的兩個弟弟，我們一家人就這麼開著爸爸那輛好老了的舊喜美上路，愉快得像是單純的家族小旅行而不是送女兒獨自到外地唸大學。

「我行李都快裝不下了，這兩隻還跟來佔空間幹嘛啦！」

『要親自護送姐姐上大學啊。』

「最好是啦。」

『參觀新開的大學啊，還沒看過這麼新的學校耶！會不會還聞得到油漆味啊？』

「媽！」

『好了啦你們兩個不要再鬧姐姐了！』媽媽說，接著又再一次交代他們這兩天的行程，『然後再一次叮嚀：『我們明天會過來找妳一起吃晚餐然後才回台北，畢竟是妳第一次到外地讀書，中秋節還是要一家人團聚才行。』

「嗯。」

『我們明天不確定幾點才會到，所以妳要記得手機不要沒電了還不知道，還有，不要每天都黏在電腦前和于倢msn，也要開始交新的朋友囉，畢竟妳現在是一個人在這裡……』

我好想哭。

『還有，每一天一定要有一餐是吃飯而且要有青菜，這些水果要削了吃完不要偷懶放到壞掉知道嗎？』

「好啦。」

好啦。

新朋友。

我在這新環境認識到的第一個新朋友是林孟杰，當時我們已經完成了所有的報到手續並且行李也快速的歸位（託了這三個壯丁的福，在他們三個人下行李的同時，媽媽也好有效率的立刻打掃起我的床位和衣櫃還有那間四個人共用的浴室），接著我們一家五口聲勢浩大的參觀起校園同時像極了觀光客似的四處拍照，就是在這座學校官網上花了大量篇幅介紹的人工湖前，爸爸說：

『好了我們差不多也該走了，去找個人幫我們拍合照。』

於是大弟找來的人就是林孟杰，而當我們看著這高高瘦瘦、白淨秀氣、頭上戴著髮箍、有點凌亂的頭髮留至耳垂、長相漂亮又電眼十足的傢伙接過大弟手上的相機時，我和小弟還咬著耳朵：

「就知道他喜歡這一型的！」

『早猜到他會找這女的拍！』

接著大弟春風滿面的走向我們，把相機交給爸爸之後，他在我的耳邊悄悄的說：

『姐，他問我能不能跟妳拍張照片。』

「幹嘛？」

『他說妳長得很像他初戀女友。』

我瞬間想起和于倢感情好到經常被說是一對的事情，我覺得很不高興，我瞪他：

「我長得像女同志嗎？」

然後大弟抱著肚子笑開來：

『他是男的啦！』

「男的幹嘛戴髮箍？」

我沒好氣的說，而小弟也搶著問：

『男的幹嘛擦口紅？』

「好了啦，」我朝著他的方向擺擺手，然後他們說：「我陪你們走到校門口。」

校門口。

當爸媽再一次叮嚀我明天手機要記得充電、水果記得要吃、每天必須起碼吃一頓白飯還有青菜……之後，轉頭，我看見這個林孟杰正遠遠朝我走來。

『嘿同學，我叫林孟杰，中文系。妳呢？』

的確他近看一開口完完全全就是個男生沒錯，他只是臉很小而且五官很精緻而已，他只是長得太漂亮了而已，長得比很多女生都還漂亮。

「溫雨樵，英文系。」

我說，然後自顧著往前走，而他也是；我突然好激烈的懷念起和于倢並肩走的那時光，那好長的一段好時光。

『妳全家人陪妳來喔？有夠大陣仗！妳是哪裡人？』

「台北。你幹嘛擦口紅？」

『吭？』

我比了比嘴唇，而他花了點時間才意會過來，他笑著說：

『沒有啦，這天生的啦，我媽說嘴唇紅表示心臟很好。』

恭禧喔。我在心裡對他說；我發現他的細長眼笑起來會瞇成一條彎彎的線看起來很可愛，還有他講話慢慢的而且腔調裡有個台台的口音聽起來很可愛，很可愛的一個大男生，好像一隻友善的笑咪咪的大狗，白色的長毛大狗，搖著尾巴汪汪汪個不停；謝謝他這麼友善又熱情，可是我還是好希望此刻在我身邊的人是于倢。

我還是比較習慣走在我身邊的人是于倢，現在只剩下我一個人了，我好想哭，早知道我就不要堅持唸英文系只要是台北的大學隨便哪一所都好！

『等一下要不要一起吃晚餐？妳喜歡吃什麼？我是在地人！哪有什麼好吃的問我就對了！』

謝謝不過不需要，我媽幫我準備了便當，裡頭有大量蔬菜的那種便當；我不是故意不友善，我只是真的心情不太好。

「你幹嘛戴髮箍？」

『吭？』

這次我換成比著他的頭髮。

『喔，這個喔，沒有啦因為我媽說我娃娃臉然後短頭髮看起來很像高中生而且是高一的新生，所以我就想說那不然把頭髮留長一點試看看怎麼樣好了。』說著他把髮箍拿下來重新調整了一次，接著又自顧著繼續說：『不過長頭髮有夠難整理，妳們女生真厲害。』

我試著也友善的笑了一下，然後抬頭仔細的看著他，說：

「你頭型也滿好的，不然就直接全部往後梳個小馬尾好了。」

『真的耶！我媽也這樣說！』

喔，媽寶，三句話離不開媽媽的傢伙，乾脆我媽的愛心便當送他吃好了，那個有大量蔬菜和白飯的便當應該很適合這個唇紅齒白的媽寶吃。或許我該問他、那麼他媽媽有沒有說牙齒白又代表哪個器官好？

『喔對了，叫我檸檬就好，林孟杰檸檬，諧音！我從國小開始的綽號！』

「你好。」

你好，我說，然後加快腳步想要禮貌的擺脫這個裝熟魔人。

『妳走路好快喔，是不是台北人走路都這麼快？妳想好要吃什麼了嗎？』

「……」

這就是我在這裡認識的第一個朋友，往後的好朋友，往後我們約定好要一輩子都是好朋友的那種；沒想到我在這裡認識的第一個人既不是室友、也不是班上的同學，只是因為一張合照，而地點是在湖邊；往後的大學生活裡我們會並肩坐在那座人工造起的湖邊一面慢慢地聊著長長的天一邊丟進很多很多的石頭，有時候看星星有時候看夕陽，還有幾次是看著日出。

當時的我，怎麼也想不到他會取代于倢在我心中的地位變成是我生活裡的另一種習慣，不過他從來沒有告訴過我、他的初戀女友是誰？

『你們兩個長得超級無敵像！』

第一個這麼說我們的人是羅誌銘，剛開學的那一陣子他經常陪著檸檬來找我，有時候是拿著超商裡什麼第二件半價的飲料來給我，有時候是問我要不要一起去學生餐廳吃晚餐，剛開始的時候我不是很喜歡這傢伙，我指的是羅誌銘。

首先是他的外表直覺讓我想起哆啦Ａ夢裡的胖虎而且還是畫壞的胖虎，于倢常說我這個人最大的毛病就是過分注重外表，我一直不知道她這句話什麼意思、直到認識了羅誌銘，還有他身上總是有很濃的菸味；不過最直接的原因還是當我們第一次見面、連對方是誰什麼名字都還不知道的時候，這傢伙劈頭就說：

『同學，學生會會長的選舉投我一票吧！二號中文系羅誌銘謝謝。』

不要，休想，這四年都不可能。

我心想，但沒說。

結果大一這一年羅誌銘並沒有如願當選學生會會長，結果是企管系一個長得很卡通的小個子男生當選，不過羅誌銘依舊在他們系學會上甚至是學校裡很出風頭，而且他還是繼續陪著檸檬來找我。

『聽說妳也是台北人喔？我每次都在火車站看到妳，妳該不會還是每週末都回家吧？也太想家了啦！』

有次在學生餐廳裡很倒楣的被這一對裝熟魔人遇到、而且還不問一聲就雙雙端著餐盤拉開椅子坐到我對面時，羅誌銘說。

「要你管。」

而我回答，然後接著，檸檬笑了起來：

『妳講要你管的表情好可愛喔。』

我瞪他。

『還是說回去見男朋友？』

要你管。我直覺又要脫口而出、但想想隨即改口：

「我沒有男朋友，謝謝關心。」

『那我們家檸檬怎麼樣？他剛好也還沒有女朋友，而且你們生的小孩想也知道會長怎樣？』

什麼東西？

因為羅誌銘最後這一句話太破題了，所以我和檸檬異口同聲這麼問而完全忘記去理會他話的開頭和提議。

『你們兩個長得超級無敵像的啊！都沒有人講過嗎？』

「我哪有他眉毛那麼粗！」

我立刻這麼說，而至於檸檬說的則是：靠北。

檸檬對羅誌銘說了靠北這兩個字之後，接著轉頭問我：

『那妳今天下課後也要去搭車喔？要不要這胖子順道騎車載妳？』

「不用了，我搭學校的接駁車就好，謝謝關心。」

『接駁車？』羅誌銘怪裡怪氣的拉高音量：『不會吧？妳沒有機車嗎？』

要你管。

「我不會騎車。」

『難怪妳都在學生餐廳吃飯喔。』檸檬恍然大悟似的說，然後接著問：『不然我載妳要不要？死胖騎車很可怕，都沒有在管紅燈的。』

『鄉下地方，管什麼紅燈，注意路上有沒有牛比較重要啦！』

『我們這裡沒有牛出沒謝謝，幹你天龍國的就是？』檸檬幹了一下他拐子，同時再一次送上靠北兩個字，然後結論似的說：

『好啦，妳最後一堂課幾點？我載妳去火車站好了，手機拿來。』

「幹嘛啊？」

『交換號碼啊，不然怎麼聯絡？飛鴿傳書喔還是心電感應？』

『我看是請學校廣播好了。』

接著羅誌銘開始學那個張君雅小妹妹的廣告，然後我們都笑了起來。

「真的不用啦，我等接駁車就好了。」

『妳會不會太可愛了啊大學生、我等接駁車就好了？』羅誌銘模仿我的語氣說，『我聽得都想頒給妳好寶寶勳章了，等我選上學生會長的那一天，做的第一件事情就是請學務處頒給妳好寶寶勳章。』

『然後獎品是一箱模範生點心麵。』

『幹這有梗！』

『靠北！』

「無聊耶你們。」

就這麼我們開始變成三人一組的單位，午餐的時候並不會特地約好、但他們都會出現在學生餐廳裡端著餐盤坐到我的對面，他們其實滿好笑也滿好相處的，經常像是唱雙簧似的把無聊的事情或者校園八卦說得像綜藝節目似的好笑，跟他們在一起的時候，我經常都只要負責笑就好，我因此開始慢慢適應並且喜愛這新校園新生活；然後星期五的時候我們會一起去火車站，羅誌銘騎車真的很可怕，我和檸檬經常在紅燈前打賭依舊催著油門呼嘯而過的他會不會被車撞死、他會被哪種車撞死？還有檸檬說得對，這裡雖然並不像台北那麼都市但是沒有人養牛。

漸漸的檸檬會邀請我們去他家吃晚餐，因為他說他媽媽煮的菜很好吃。

『客家菜喔！而且蔬菜都是我們家後院自己種的，沒農藥所以不用怕殘留，讚吧？』

『所以牛肉也是你們家後山放養的對吧？』

『靠北就跟你講這裡沒有牛好不好？』

『那雞肉咧？』

『雞是有，我大伯在養放山雞，沒有生長激素或抗生素或者什麼亂七八糟的素，比市面上的雞還貴，而且有錢還不見得買得到，』檸檬得意的說：『因為沒打生長激素或抗生素或亂七八糟的素！所以得老老實實的等雞長大，讚吧？』

『那豬肉咧？』

「那羊肉咧？」

『好了啦溫雨樵，妳什麼不學學死胖白爛！』

然後我們笑，我們總是笑，我們三個混在一起的時候，總是說著沒營養的話，然後沒腦筋的笑。

老公主（我們沒多久就跟著檸檬這樣喊她）毫不意外的就是檸檬的成年女性版，小小的臉蛋以及笑起來瞇瞇的眼睛還有精緻的五官，要不是檸檬早說了她這輩子都是家庭主婦以及這幾年當起業餘農夫的話，我會直覺認定她是為人和善的高中老師，她看起來好有氣質，而且就和她的寶貝兒子一樣、見面三兩次就會開口要對方的手機號碼。

我真沒想過我的手機裡會有同學媽媽的號碼、而且我們還真的會互打電話不管是有事聯絡又或者只是閒聊天；我和于倢從幼稚園開始就是同學，和她媽媽也算是相處融洽，但我還真沒想過要和她媽媽交換手機號碼。

我沒想過我會和同學的媽媽也變成朋友。

『你們長得好像喔，連膚色都一模一樣！』

忘記是第幾次去檸檬家吃晚餐的時候，老公主說。

『你們看吧！不是只有我說！』

羅誌銘得意洋洋的說，而至於我和檸檬則是同時尷尬的苦笑。

『連他姐姐都沒妳長的像他。妳長得像爸爸還是像媽媽？』

「各自都遺傳到一點，但並沒有特別像誰。」

『那妳來當我女兒好了，別人一定不會懷疑！』

『媽，拜託喔。』

「我突然想到，林孟杰的初戀女友長怎樣？」

『什麼初戀女友？』

老公主看看我又看著檸檬，而檸檬瞪著我一眼同時在桌下毫不客氣的踩了我一腳，然後說：『好了啦你們，趕快吃完去洗碗啦，等一下趕不上宿舍晚點名時間就知死了。』

『對啦講得好像只有我們要晚點名一樣，你實在很寶，家裡住得離學校這麼近還跟著住校幹嘛啦。』

『又不是我願意的，是學校強制大一新生都要住校好不好？』

『好啦，不然等我當學生會會長的時候再幫你陳情好不好？』

『白爛。』

『喔對了，你們的衣服晾乾了，等一下記得收了順便帶回去。』

謝謝林媽媽。我和羅誌銘齊聲說，接著洗耳恭聽老公主再一次講解公用的洗衣機有多麼骯髒的精采分析。

十分注重健康以及安全還有公共衛生的這對母子。

你們長得好像。連後來的夏語樂也這麼說。

夏語樂，下雨了，學校裡的話題人物，總是一個人獨來獨往的夏語樂，大家都在背後談論她、卻沒什麼人聽過她說話或者和她說過話的夏語樂。

『欸、那夏語樂耶。』

星期五下課後的火車站，當羅誌銘停好車買好票同時抽完兩根香菸而檸檬才悠哉悠哉地載著我到火車站時，我們連安全帽都還沒脫下、他就很興奮的指著月台說。

『妝真濃。』

檸檬冷淡的說，而我則忍不住一直看著她的側臉，美得像是一幅風景畫、這夏語樂，她只是安安靜靜的站在那裡、沒有表情也不見任何動作，卻顯得那月台像是以她為中心而變成了一幅美得奪目卻也令人屏息的風景畫。

『不知道她吃晚餐了沒？』

羅誌銘看著手錶、很興奮的說。

『幹嘛？你要約她吃晚餐喔？』

『沒有，我只是想看她吃完飯會不會躲去廁所催吐，聽說她們模特兒吃完飯都會催吐，超想知道這真的假的！』

『那你直接去問她啊。』

『最好是！幹你不想泡她？學校裡有一海票人想泡她！』

檸檬搖搖頭然後撇撇嘴，然後他低頭看了我一眼，然後轉開臉。

第二章　青春

青春一無是處，但就是看得見。——易智言

之一　王致晟

最後一次幹架是我高中終於畢業那年，那時候剛唸大一的猴子有天帶著兩杯五十嵐跑來我家找我，為的是說他在學校裡因為停車的擦撞和某個白目起了衝突所以跑來告狀，他問我是不是可以找個時間去學校幫他教訓一下這白目？

『很嗆秋！幹你要是認識他包準也會看不爽！』

「這點屁眼大的事情找我幹嘛？」我說，「而且我上個月才被教官從派出所踹了一腳領回來，我最近不乖一點不行。」

『好啦，不然你就帶傢伙去亮一下，讓他知道我後台很硬還有做人不要太屎尿就好。』

「我把槍丟了。」

『好啦，那真可惜了。』猴子識相的說，然後伸了個懶腰往後把身體陷進沙發裡，挨著阿龐摸著牠那可愛的醜臉，『不然你把阿龐借我帶去咬他好了。』

「他長得像食物嗎？」

『這倒也是，我忘了阿龐只咬食物。』猴子尷尬的笑笑，四處看看，然後問：

『怪了，這桌子是不是哪裡不一樣？』

「沒換啊。」

『我知了！這桌上以前都會擺一盤鈔票啊！怎麼收了？難道阿龐會偷吃鈔票？』

「沒啦，我爸回來了，他跟我媽說這樣不好。」

『喔，那所以你們會開始和一般人那樣改擺一盤水果嗎？』

「還削好的剝皮的而且好貼心的連叉子都擺上了嗎？」我瞪他，「你是不知道我媽喔？」

『也對。』

猴子說，然後轉頭看了我一眼，他臉上有個什麼我不喜歡，而且因此開始煩躁了起來，我甚至想立刻起身把眼前這張桌子砸爛了然後扔出去，不過這不行，我爸在中國的工廠收了、而且他大兒子高中唸了五年才終於驚險畢業、已經害他心情夠不好了，我可不想再惹他。於是我改口：

「不然你還是給我名字好了，我過兩天去找他運動一下。」

『帥啊老大！』

我人生中最後一次幹架，無聊到底的打架，甚至不知道能不能稱得上是打架。

那天我跟著猴子去了他們學校找那白目，我們在學校附近的自助餐店裡堵到他，然後猴子請他出去談一談，而他當然是不願意，因為來者不善，哪個白痴會願意？但或許是我臉上有個什麼讓他覺得如果拒絕的話場面會更難看吧？

無論如何我們就這麼去到旁邊的小巷子談一談，沒什麼好談的其實，他確實就是個白目而且也確實非常嗆秋，但猴子不也是？而我不也是？聽著他們爭論時、我發現我竟然在心底這麼分心想著。

他很不高興也有點拉不下臉，可是不消幾句話之後，他決定乾脆道個歉會比較省事，於是他好模好樣的向我鞠躬道歉。

「你幹嘛要道歉？」

然後我問他，在巷子裡我從頭到尾就這麼一句話，可是他語塞，他不知道他幹嘛要道歉，他也不知道我們究竟要幹嘛？他只知道他越來越害怕，而我們也看出來了。

「你幹嘛要害怕？」

我是很想接著這麼問他的，可是我覺得無聊死了根本就像是小孩子扮家家酒般的鬧劇從頭到尾都是。

我覺得很煩。

我於是往他的腎臟揍了兩拳意思意思作為句點，我沒揍他鼻子，每次打架的時候我總是習慣直接就往對方鼻梁出拳見血，因為腎臟雖然也夠對方痛的、但卻不會見血，相信我，人類對於血尤其是自己的血反應相當有趣；別放過對方臉上最脆弱的地方也別浪費自己身上最強硬的骨頭，是這麼一個想法，可是這次我卻忘了這件事情，這裡有個什麼我得好好想一想。

我把他們就這麼丟在巷子裡擺擺手走掉，因為此刻我不想要和任何人說話尤其是這兩個馬戲團白痴，我走進這大學裡想要找個地方坐下來想一想，可是我走來走去卻找不到一個地方可以坐下來想一想；不，能坐下來的地方很多、隨處皆可，只是我找不到一個我願意坐下來的地方。

這不是屬於我的地方。我心想，雖然我確實是應該屬於某個類似這樣的地方才對。

我覺得心情越來越差，我掉頭又走，走出這大學走向捷運站，可是我不知道要去找誰搭哪班車？我屬於哪裡？我要去哪裡？

我再一次掉頭，開始沿著捷運站走，我突然想要知道我能走幾個捷運站，這是我當下唯一能想到也唯一想做的事情。

我怎麼會把自己活得像一場廢話？我幹什麼要活？我活著幹什麼？活得像一場廢話。

忘記是走到第幾個捷運站的時候，我終於讓自己停下腳步打個電話，接著三言兩語之後，我轉身走進車站，讓捷運把我載去北科大。

我在籃球場上找到我弟，我沒打擾他而是直接坐在場邊看他打球，我有多久沒打籃球了？我直到國中的時候都還是籃球校隊，我為什麼那麼久沒打球了？他是從什麼時候長得這麼高大強壯了？分明是每天見面的人、但為何一想起我弟時首先都還是小時候那個一起玩我一不小心就害他受傷流血的愛哭鬼跟屁蟲？

他長大了。

我怎麼了？

我活在哪裡？

現在我們兄弟倆並肩站在一起看起來還真真確確像是雙胞胎了。連身高體型都一模一樣了。

當他滿身是汗走向我的時候、我這麼告訴他，而他笑了開來。他笑起來的樣子還真帥，而我也是嗎？我上一次笑是什麼時候了？而他呢？他上一次哭是什麼時候？那我呢？

『怎麼突然跑來找我？』

「沒事可以幹，沒人可以找。」

『白爛。一起吃晚餐？』

「好啊。」

在學生餐廳裡，我們對坐著吃排骨飯喝冰紅茶；很奇怪的感覺，此刻我不像下午時那麼不自在，不會無時不刻的感覺到自己並不屬於也不該屬於這裡，或許對面坐著的是自己弟弟感覺確實有差。

「大學生活如何啊？」

『讚啊，打球、社團、戀愛。』

「你馬子咧？」

『和朋友逛街去了。』

「在這裡有人找你麻煩嗎？」

我下意識的問、而他則是笑了起來：

『我幹嘛要被找麻煩？』

我聳聳肩膀，我也不知道。

『哥，去過不一樣的生活吧。』

「嗯？」

『每天打來罩去的幹嘛？演電影？還是有錢賺？』

「都沒有啊。」

『那幹嘛要？』

我再一次聳肩。

『爸說等他找到工作之後，就會找你談一談。』

「聽起來好像不太妙的樣子。」

這次換成弟弟聳肩了：

『不曉得，我跟他也不是很熟。』

「呵。」

『難道你想要先去當兵？』

我以為他會接著這麼問，可是他沒有，他不像我，他只是換了個話題，說：

『我昨天有去找媽，超搞笑，那麻將間裡有個瘦巴巴的老女人坐在她旁邊打麻將，那種瘦的方式一看就是有病，本來我以為是吸毒，結果後來聽媽說才知道是癌末，癌末耶！我服了她、真的，我服了那整麻將間的人！』

他提高音量大笑著說，但眼裡笑裡有情緒，很多很多的情緒；我筆直的看著他，問：

「你幹嘛突然跑去找媽？戶頭裡沒錢了喔？」

『還有啊，爸有匯。』他說，然後不等我問：『我故意的，一開始我只是想看看那裡長什麼樣子讓她這輩子都迷得家也不管老公兒子也不顧、每天每天跑去窩，後來就變成是故意打擾她打麻將。你知道爸為什麼回來以後把桌上的錢收起來？』

我點頭。

『我有問他要不要跟媽離婚。』

氣氛變得好沉重，而我不知道該怎麼面對，他也是，於是我只好開個玩笑，說：

「……」

「幹嘛？你想要個新媽媽啊？」

『是啊，年輕漂亮個性好，而且還燒得一手好菜的那種。』

「是啊，而且還會給我們說床頭故事、睡覺幫我們蓋被被。」

『蓋被被咧、白痴。』

「知道就好。」

『好啦，要回家了嗎？還是想去哪？唱歌？看電影？』

「我想打籃球。」

我聽見我這麼說。

籃球場。

一開始我們很認真的玩著鬥牛，後來慢慢變成邊打邊聊天，因為我們都發現到、他如果不是一直讓我的話、這球打不下去。

實在沒有面子所以乾脆把球砸向他之後，我流著汗直接癱坐在球場上，我告訴他：

「我以前還籃球校隊的你知道嗎？前鋒，從國小到國中都是，幹！」

『你現在還是啊，籃球笑隊，笑話的笑。』

「幹！」

『還是可以啊，』他笑著說，然後扔了毛巾給我，『要不要陪你去找重考班？我明天下午有空堂。』

我聳聳肩膀，我不確定我是不是想要這麼做。

然後，是的，他突然說，突然想到了什麼、剛好在這個當下說：

『對了，你記得我們國中時候有個女生叫作夏語樂嗎？跟我同一屆的，滿高滿漂亮的一個女生。』

怎麼可能忘記？

「好像有點印象但不是很確定。幹嘛？」

『我女朋友的高中同學的表妹的——嘖，算了，反正就是有個誰跟她剛好是高中同學，然後我們上次一起吃飯的時候有聊到她。世界真小。』

那顯然我的世界太大了。

「她怎樣？」

『她國中的時候不知道你還記不記得？就是……』他扮了個鬼臉，然後決定禮貌的略過，『反正她高中的時候還是和國中的時候一樣，就是……』再一個鬼臉，再一次略過，『不過她高中的時候跑去當模特兒，雜誌還網拍還是都有？有點忘了，不過、幹！超辣的！那天那個女生有找照片給我們看。』

「不意外啊。」

『所以你記得她嘛！』

靠北。

「現在想起來了，因為你講到模特兒所以……」

『沒有啦，她國中的時候只是被星探留資料而已，是從高中的時候才開始當模特兒的，我們那時候的傳言都亂講的啦，也不知道幹什麼大家就是很愛亂講她的八卦。』

而且都講的跟真的一樣。

「喔。你突然講起她幹嘛？她也唸這裡喔？」

『對啊，而且她剛好就在那個場邊收包包，』他撇了撇嘴巴，然後說：『哪可能啊！她不知道為什麼跑去唸中部一所今年才成立的新大學，好像連模特兒也不做了，真意外，我還以為她是那種離不開台北而且是東區或者信義區的女生耶。』

「她為什麼離開？」

『這我哪會知道。』

「當大學生好像也不錯嘛。」

我脫口而出，但隨即就後悔了，因為意圖好像太明顯了，還有情感流露也是，但是還好弟弟剛好背著我蹲在地上收拾包包，他沒聽見，還好。

隔天我跑去找了個重考班報名，不過並沒有叫我弟陪我去，我覺得這樣會很彆扭、但我說不上來為什麼我會這樣覺得；接著我打了電話給我爸報告這件事情然後重點是補習費用，他聽起來很高興的樣子，還說他已經找到了新的工作是在朋友的公司上班，要我完全不必擔心錢的事情，聽到這裡我才想到似乎該要稍微擔心一下錢的事情才對；此刻我很想跟他說些什麼體己的話、就是那些會讓爸爸聽了很高興兒子長大了懂事了之類的話，不過想了又想實在不曉得該跟他說些什麼才好，所以我就只說了謝謝然後再見。我們從小到大就沒怎麼說過話、現在怎麼可能突然說得上話？

他其實是個滿不錯的父親。掛上電話之後，我心想。他只是一直工作太忙一直缺席在我們的成長過程，除此之外他好像還真的滿不錯的。真搞不懂他當初怎麼會想娶我媽媽？

愛情真是殘忍。

在重考的這一年裡我除了上課之外就只剩下打籃球，有時候去弟弟的學校找他和他同學一起打，有時候則是在家附近的籃球場自己打，過去的朋友一個也沒聯絡，連電話也不接的那種不聯絡，我不是很想讓他們知道我現在在重考、準備讀大學，因為這不是他們眼中認識的我，而我不想讓他們知道我的這個改變、進而問起為何改變？我會覺得很彆扭。

一年之後我如願考上夏語樂的學校，讀的是日文系，並不是很高分很難考的學校，不過還是結結實實花費了我好大的力氣用功讀書，沒辦法，我該讀書的時候沒讀書，我花了五年的時間浪費大好青春，但是那又怎樣？反正後悔也於事無補，所以乾乾脆脆的重來就是。

還好還能重頭來過。

就這麼我離開生活了二十年的台北，一個人開著我爸不再使用的閒置車子載著簡單的行李去新學校報到，我不知道在這裡能不能遇到夏語樂，也不知道就算遇到了她還記不記得我？甚至不曉得就算遇到她的話我們要幹嘛？該怎麼認識她？要怎麼做才好？是不是還暗戀她？在國中的時候我不知道也沒去試，而如今我也還是依舊毫無頭緒。原來我還是第一次見到她的那個青澀的、手足無措的我，每當想到夏語樂的時候。

我只知道我很想要再看她一眼、見她的面，甚至只是遠遠的看著她、知道她在、這樣就可以，我只是很想要再一次生活在有她的校園裡，這樣而已。

只是這樣就好。

就好。

新校園，新生活，新的我？

新生報到的那一晚，在宿舍裡把行李安放妥當之後，我和室友打個招呼簡單認識之後就連上ｍｓｎ和弟弟小聊一下報個平安，接著我拿著換洗衣物去到浴室洗澡，我看著鏡子裡的自己，突然覺得沒來由的害怕：還是同樣的這一張臉沒錯，而過去那五年我臉上不經意讓旁人看了便緊張起來的肅殺之氣還在嗎？我還是那個血氣方剛、遇到什麼事情就只曉得用拳頭解決的人嗎？只是換個新的環境我真的就能夠變成所謂的新的我嗎？

我突然好害怕結果我還是沒變，就算是經過了平安無事的一年，就算是完全換了個新的地方重新開始。我好害怕結果我還是從前的那個我，在新生報到的這一晚、這全新的環境裡、這四人共用的浴室裡，我，如此具體的害怕著。

在這裡我第一次冒出想扁人的念頭是迎新煙火那一天。

早在入學之前、學生的招生說明就大大宣傳了本校將會舉辦盛大的煙火秀歡迎新生們，於是在迎新煙火的這一晚，以湖為中心的草皮早早就塞滿了老師學生和職員，每個人都或坐或臥在草皮或是閒聊或是拍照，直到煙火秀開始倒數時才全場同步安靜了起來。

然後接著是十分鐘左右的煙火秀，據說是耗資五百萬的十分鐘煙火秀；很漂亮的煙火，但我沒怎麼仔細看，我忙著徒勞無功的奢望能在黑鴉鴉的人海中找到夏語樂。

『太爽了！我們的學費就這樣十分鐘放火燒掉，然後大家還樂得笑得拍膝蓋叫好，這整件事情合理嗎？腦子裝豆渣啊他們？』

在我身邊有個台台的腔調如此說，接著他身邊有個女生清清脆脆的笑了起來，而我也是，因為他講話不知怎的很有畫面感，當下我覺得這傢伙有種很好笑很好親近的感覺、直到他轉過頭看著我，然後說：

『喔你！』他臉貼得我很近、近到他能夠仔細的看清楚我的臉之後，這傢伙驚呼了起來，誇張著語氣說：『你就是那個開賓士車來上課的新生嘛？本人吶！』

他身旁的女生還是笑，但我卻變成是下意識的握緊了拳頭，我知道他不是要找麻煩或者是有任何弦外之音，我知道但我就還是很不爽，原來積習的確難改。

『好了啦林孟杰快走了啦，再不走的話羅誌銘又要開始當場拉票了啦，很丟臉耶。』

『什麼很丟臉，我跟妳講喔、溫雨樵，妳這次沒去投票的話我就不跟妳好喔我是說真的。』

『還不跟你好咧、幼稚。』那女生站了起來，接著彎下腰想要拉起這男生的手臂，就是在這當下、我和她四目相對；我看著她再看著這男的，我聽見我自己疑惑的脫口而出：

「你們是姐弟嗎？」

『姐弟？』這個叫作林孟杰的傢伙樂得哈哈大笑了起來，確實抱著肚子哈哈大笑：

『去年還被說是兄妹，今年變成是姐弟，溫雨樵妳也老太快了吧？哈哈哈哈哈！』

『大便口味的檸檬，娃娃臉了不起喔！』

「什麼大便口味的檸檬？」

我好奇的問，我發現我緊握的拳頭在他們嬉笑怒罵中竟不自覺的鬆了開來。

『綽號啦，我叫林孟杰，大家都叫我檸檬，然後這女的，被我惹毛的時候就會叫我大便口味的檸檬。順道一提，她叫作溫雨樵，我都叫她小樵，小喬，因為我是中文系。』

我不知道小樵跟中文系有什麼關係，不過我立刻就知道了這傢伙很愛聊、就算對方是個陌生人也一樣，這傢伙大概對著樹也能聊吧？

我問此時正越過他肩頭、看著我的這女孩：

「妳的名字叫作溫雨樵？」

『呃，對啊。』

雖然我知道這很沒有邏輯、不過妳的名字聽起來和夏語樂好像，妳該不會剛好也認識她吧？

「你好，我叫作王致晟。」

『呃，你好。』

這就是我們認識的起點，在絢爛的煙火秀之後，在柔柔的月光下，而當時月太美人太擠現場太嘈雜，而我沒有注意到她臉紅。

之二
溫雨樵

我慶幸月光太柔人聲嘈雜所以沒有人看見我臉紅，我不知道我為什麼要臉紅，我當時以為是因為我有點怕他。他那時候看起來還滿兇的。

那天晚上回到寢室之後和于倢聊天時，我以為我會聊起他，而話題會是我終於知道我喜歡什麼樣的男生了，可是我不知道他是誰叫什麼名字，我甚至沒能看清楚他的長相，因為我完全不敢直視他，原來喜歡上一個人感覺是這樣，妳會連看都不敢看他，但卻又一直一直想要看見他，看著他。

可是結果我沒有，因為于倢才接了電話就急忙忙的想要掛斷，因為她男朋友隨時會插撥，原來她戀愛了，她本來想要等確定之後再告訴我的，可是沒想到他們進展的好快好順利又好甜蜜，她覺得自己根本就快融化了，她沒有問我、那我呢？

她沒空，也沒心思了。

『我這幾天可能會換門號喔，因為要和我男朋友網內，到時候再跟妳說我的新號碼！』

「那我們就不能網內了喔？」

『還是可以msn啊！』
「喔，好吧。」
『這週末妳回台北再介紹你們認識！我簡直迫不及待想介紹你們認識了！』
「好啊。」
我說，然後識相的掛了電話也關了燈，可是翻來覆去卻怎麼也睡不著還心情好差。那是我第一次知道失眠的感覺。
我不知道那個男生是誰？唸哪個系？該怎麼再遇見？我慶幸還好我們學校不大學生不多，所以遲早會再遇見的，可是就算是再遇見，我又該怎麼認識他呢？我甚至連直視他都不敢。他有沒有女朋友？他會喜歡我這類型的女生嗎？
而我完全沒有想到、居然羅誌銘認識他，我沒想到後來我會透過檸檬認識他，還變成朋友。
為什麼偏偏是檸檬？
『欸你那天是怎樣？沒講一聲就自己跑掉，害我和小樵在湖邊找你有夠久，還以為你跳湖去了咧。』
「最好是啦、跳湖！呸！」
『也是，要跳的話也是今天，』檸檬哈哈的笑了起來，而至於羅誌銘則是一臉很想把湯潑到他臉上的表情。『沒關係啦！你還有大三、大四可以選學生會會長啊，來日方長啦！』

『靠北！輸給那個日文系娘娘腔真的很幹耶。』

『沒辦法啊，王牌校花就在他們系上啊。』

『這跟校花有什麼關係！』

「我有去投票給你喔。」

『好啦，謝啦。』羅誌銘嘖了一聲，然後接著問：『你煙火那天是不是跟一個男的在講話，你知道他誰嗎？』

『日文系的新生，王致晟。怎樣？』

檸檬若無其事的說，而我的心臟則狠狠的漏跳了一大拍，我儘可能的低著頭吃飯不看他們也不讓他們看到我此刻臉上明明就很期待卻又彆扭的要裝作不在乎的不自在表情。

『靠腰還真的是他喔！還好那天我閃得快。』

『怎樣？你閃他幹嘛？』

『衰死了！我高二的時候和他同班，那時候我們看到班上名單有他，都想集體自殺了。』

『為何？』

羅誌銘吐著舌頭往脖子橫比一個割喉的表情：

『他是在混的，很大尾，在本來的高中唸不下去才透過關係轉到我們學校，不要說是同學，連老師看到他都很頭痛，那時候還聽說他有槍，不知道真的還假的。』

看不出來。

『看不出來。』檸檬說，『幹你不早講！我今天晚上還跟他約了打籃球耶！那我是不是要故意讓他不然會被打？』

「你怎麼會認識他？」

我忍不住插嘴問，而檸檬則是歪著頭挑著眉一臉興味的回答：

『就連續幾天在籃球場上遇到他啊，然後還滿聊得來的就這樣認識了啊。』

檸檬說，然後挑釁的問：『幹嘛？他是妳的菜喔？要挾去吃嗎？』

『要加辣嗎？』

「還打包咧。」

『還真的咧！』

『幹嘛、你吃醋喔？那就告白啊。』

不等我反應，檸檬立刻回嗆他：

『幹嘛？要不要我晚上幫你問他是不是有槍？』

『麥鬧！』羅誌銘真的慌了：『你們晚上還有誰？』

『我們班導。』

『林世宗喔，那就好，有老師在的話他應該會比較不敢怎樣，不過這也只是應該。畢竟聽說他在以前的高中連老師都打過。』

『真的還假的啦？講得這麼有聲有色。』檸檬一臉無所謂的說，接著他轉頭問我：『對了，林世宗說他老婆這週末要煮一桌好菜請乖寶寶學生吃飯，要我問妳要不要一起？』

「我要回台北。」

『是啦！講得好像我不知道妳週末都要回台北一樣，』檸檬呿了一聲，然後又問：『所以啦，我就直接跟他約星期日的晚餐，這樣妳可以嗎？早點回來就行啦。可以的話我就去車站載妳。』

『是啦！講得好像她就算不可以你就不會去車站載她一樣。』

『閉嘴啦、吃飯！』

在大二這一年，在這個小小的寧靜的校園裡，我的人生好像重新洗牌一樣。

『溫雨樵？』

大一的時候，有次在國文的課堂上，林世宗突然盯著我瞧了好一會，然後當著全班的面前說：『妳長得跟我們班那個愛講話的林孟杰好像！你們是表兄妹還什麼的嗎？』

當時我好想躲起來躲到桌子底下去，因為被他這麼一問、全班的同學視線全部聚焦到我身上來，我那時候還是個會害怕老師、覺得站在講台上的那些老師都很嚴肅最好和他們保持距離的那種學生，我那時候沒想到原來學生和老師是可以當朋友的。

不，這麼說也不恰當，嚴格說來我其實也只和林世宗這麼一個老師當過朋友而已。

或許是學校新成立的關係，我有發現我們學校的教授、講師好像都偏年輕的多，班上滿多活躍的同學會和這些年輕的老師們以朋友的方式互動、尤其是林世宗，而其實他看起來就是那種會和學生變成朋友的老師沒錯。

他剛好大我們十二歲，我們是大學新鮮人、而他也是教授新鮮人，他才剛唸完博士學位、才第一次當上教授，他常開玩笑說、我們是他的白老鼠、讓他練習怎麼當一個老師，所以光憑這一點、他就絕對不會當我們這一屆的學生；他長得白靜斯文、風度翩翩而且風趣健談，他看起來就是那種含著金湯匙出生、從幼稚園到高中都是唸明星私校、直到大學才唸國立明星大學的那種人，他的人生從一出生就被規畫好了，而確實他就是那種人生勝利組沒錯。

他被學校裡很多女學生崇拜著愛慕著，這一點每個人都毫不意外、或許連他自己毫不意外也不無可能，不過我們從來沒有問過他這方面的事情，因為師母確實是個會令人無條件喜歡的女人，而且他們感情融洽，很明確的、她並不擔心也不需要擔心老師這點。

只是我沒想到在暗戀林世宗的女學生名單裡，竟會包括夏語樂。

夏語樂主動找我講話是大二下學期，有次在回台北的火車上。

那一天在車站大廳的時候我就注意到她了，很難不注意到她，原來我們搭同一班車呢！我當時只這麼想，沒料到我們會不只搭同一班車，而且還會在這一趟車程裡變成了朋友；那天在北上的月台裡，我看著火車進站，我看著我們同時走上火車按著車票找座位，才想著真可惜羅誌銘這週末沒回家、否則他會因此樂歪時，我看見夏語樂提著行李遠遠的向我走來，接著她微笑著向我身邊的男士低語，接著他們換了座位，我看見那位男士臉上既滿足又可惜的表情，他雖然已經盡量含蓄了但還是掩不住真希望這位尤物不是和自己換座位而是就坐在自己身邊的表情。

我看見夏語樂主動開口說：

『好幾次在車站遇見妳了，想說一起坐好了比較不無聊，我可以和妳坐一起嗎？』

我驚訝的點頭，我臉上的表情讓她低了眼睛：

『天生的，不是故意裝的，我也覺得很討厭，會盡量壓低聲音這樣比較不明顯，可是有的時候還是會忘記。』

我沒想到她講話娃娃音，我一直想像她的聲音會是那種沾了蜜似的性感沙啞。

我連忙告訴她：

「不會啦，很可愛啊。」

她苦笑：

『沒關係，我知道，所以我不太喜歡和不熟的人講話是這樣。』

因為講話娃娃音而且不笑的時候臉看起來又很臭很高傲好像不想理人的樣子，再加上自己也不是那種會主動找人攀談的熱絡個性，所以她的朋友很少，而且討厭她的人很多……不曉得是不是因為情緒放鬆下來了，我們開始就這麼聊了起來，我很驚訝她的這番自白也很驚訝她竟如此坦率，因為其實包括我在內的很多人、都以為她是那種做作型的心機女，可是結果她好像不是；並且在簡略的聊完自己之後，她告訴我、我們可以變成朋友嗎？因為其實她一直就想這麼做了。

『我經常在學校看到妳，和那兩個男生在一起，你們看起來總是好開心的樣子，有時候我會好羨慕你們，好希望我也可以在那個畫面裡，和你們一起聊天說笑。』

她說，然後我直覺認定她會接著說我和檸檬長得好像是不是兄妹呢？就像絕大多數的人同時看到我們時會說的話那樣，可是結果她不是，結果她說：

『我好喜歡妳的聲音，講起話來輕輕柔柔的，真希望我也是妳這種聲音。』

真是受寵若驚了，真的。

『還有外表也是，妳看起來就好有人緣好討人喜歡，妳一定不用主動開口就有很多人想要當妳的朋友吧？妳看起來就是這樣子的女生！』

我想告訴她、在很多人看來、我就是她眼中的這個樣子沒錯，可是其實我不是，就像是現在沒了檸檬和羅誌銘或于倢在我身邊、我完全就不知道該怎麼和一個知道但不算認識的人聊天；此刻我和她單獨聊著天、但其實主要講話的人是她，我其實並不健談、所以我總是傾聽，並不是因為我善於傾聽、完全只是因為我不懂得談話、如此而已。

我不知道該怎麼把這些想法化為語言，我於是只說了：謝謝。

『妳有男朋友嗎？』

她問，而我說沒有，接著我試著努力把話題帶回她身上，於是我知道，對，她是模特兒沒錯，拍過滿多有名的少女雜誌、而且也在一些滿著名的歌手ＭＶ裡出現過，還有幾支ＭＶ就是直接和男歌手對戲的女主角。

不過那都是高中時候的事了，她接著淡淡的說。

『我從國小的時候就長這樣，好慘。』

「才沒有！妳根本就很漂亮！」

她可愛的皺起鼻子。

『妳大概也不意外，我人緣不是很好，小學還好、因為大家都還是小孩子，真的都還只是小孩子，所以就只是沒朋友而已；可是國中的時候好慘、會被欺負，所以我很討厭上學，高中的時候就想說那不然就唸夜校然後去當模特兒好了，我那時候覺得再每天待在學校裡八小時我一定會瘋掉！』

「那妳現在不當模特兒了嗎？」

『對啊！』她過分爽快的回答：『其實滿好玩的啦，擺姿勢啊、裝表情什麼的我還滿知道的，而且又可以穿那麼多漂亮的衣服拍那麼多漂亮的照片，還有那些雜誌啊廠商啊都會送好多禮物給我們，我好多保養品還有化妝品都分給我媽用了但還是放到過期用不完，而且重點是錢真的賺很快！不過，』她再一次可愛的皺起鼻子：『不過後來發生一些討厭的事，我就又開始覺得想要離開一陣子，最好是連台北都離得遠遠的！』

「什麼事？」我問，然後問了之後才發現這不曉得方不方便問？「這方便問嗎？妳不想講也沒關係啦！」

『其實也沒什麼啦，就是……他們都以為我已經滿十八歲了，這個在學校的時候是還好，因為大家都還未成年、都還懵懵懂懂的，可是到了工作的地方，就，都是一些成年的男生，所以……』她這次是縮了縮肩膀：『就……有時候會覺得滿可怕的，那些成年男人，好像自己變成獵物的感覺，會害怕。』

美人的困擾哪。我心想。

我爸和我哥都會輪流接送我通告。她接著開始說。不過難免還是談了幾段戀愛，而對象都是成年男子，沒辦法、因為工作環境裡都是成年男子嘛、她解釋。

『我反而一次也沒有和學校的男同學談過戀愛，連初戀都是哥哥的同學，他大學我國中，這樣，還好我長得很早熟，不然現在回想起來、那畫面真的滿奇怪的；不過後來幾段和工作上的男人交往就沒有那麼簡單了，有一次被欺負得好慘喔！被拍了討厭的照片而且提分手時還被揍了呢！最後還是拜託我爸出面解決的，在那之後就一直沒有談戀愛了，會怕。』

怎麼被欺負得很慘？我難以想像也難以置信，怎麼會有男人捨得欺負這樣一個美人？她難道不是應該被捧在手心裡疼的嗎？她看起來就是那種會讓男人想要捧在手心裡疼甚至還予取予求的美人哪！

回過神來，我聽見她正在說：

『不過林教授我就覺得他很不錯！』

「哪個林教授？」

『中文系那個林教授哪，林世宗教授，我們班的國文也是他教的。』

「喔，他喔，對啊，他的確是很 nice 的一個人。」

『我經常看到你們和他一起吃飯哪聊天哪什麼的，好羨慕喔！好希望也可以像你們一樣經常和他一起聊天吃飯，』她好可愛的捂著嘴巴笑了起來，然後湊近我耳邊像是在說著什麼珍貴的秘密那般、壓低著聲音說：『跟妳講，我覺得嫁給他一定很棒！能夠和他生活在一起一定一定超──幸福的！』

「喔，對啊，他對他老婆也很好。」

『他結婚了喔？』

「對啊。」

『好可惜。』她毫不掩飾的說，『如果可以和他談戀愛的話一定很棒！人生都因此重新活了過來那種程度的棒！我真的真的覺得他比我以前交往過的男人加總起來都還要棒！真可惜他已經結婚了呢，真是不公平。』

夏語樂當時的神情印在我的眼底心底，那裡有個什麼撼動了我甦醒了我，千真萬確的；於是我才知道，原來愛一個人可以如此赤裸如此坦率如此熾熱甚至是毫不在乎。而我只是在想：如果換成了我是她呢？我能不能、願不願意勇敢去愛？就算明知是枉然？辦得到嗎？

而我只是在想。

我們因此變成朋友，下課後相約逛街聊天，或者晚上ｍｓｎ，而更多的時候是語樂帶著面膜和精緻可愛的甜點、連聲招呼也沒打的就直接走到我的寢室來找我：『面膜不小心又買太多了，一起消化掉吧！』或者：『今天有人送來超好吃的點心！一起吃得胖嘟嘟吧！』她總是如此說著然後就直接往我床上坐去。

我發現到室友們對於她的出現她的存在總是會顯得很不自在，而語樂也發現了，不過她看來並不在乎、又或者單純只是早就習慣了；我不太明白為什麼她們總是喜歡在語樂離開之後圍著我問她的事情、卻從不當面找她問或者和她說話，連檬也是——

『妳確定要和她走在一起？』

我不明白。

不明白。

猶豫了好幾天之後，當檸檬約我散步去湖邊把吃不完的吐司餵食白色天鵝時，我才終於鼓起勇氣試著這麼問他：

「那個，如果星期日的聚會也約夏語樂一起的話，可以嗎？」

『為何要？』

幾乎是想也沒想的、檸檬輕快的就把問題丟回給我。

「因為前幾天我們聊起這件事，然後她聽了說也很想要去，所以我想……」

『是怎樣？原來她也是世宗幫的喔？真是看不出來！我還以為她已經有男朋友了而且還是八個男朋友同時！』

「……」

『好啦，不然妳給我一個理由說服我為何要好了。』

因為那麼一個你視為再尋常不過的聚會對她而言卻是個可以因此快樂好幾天的珍貴，我一直不太明白那是什麼感覺又為什麼會那麼感覺？可是現在的我好像有點明白了。

『好啦！不會講就算了、發什麼呆啊？看起來笨死了！我去跟老大說一聲加副碗筷就是了。』

「呵呵，謝啦，棉花糖口味的檸檬。」
『少來！』檸檬說，然後用食指戳著我的臉，說：『只有這種時候妳才會擺出這種可愛的表情。』
「你少藉機跟我告白、我警告你！」
『誰要——嘖，少自作多情。』
呵，這招對檸檬總是管用，他立刻轉移了話題，問：
『那，妳下星期日的烤肉該不會也要約她吧？』
「什麼下星期的烤肉？」
『就在我家烤肉啊，我媽和我姐約，不過羅誌銘已經說他要回家不會去，說什麼他那一週一定要回台北拿藥什麼的。他什麼事情要吃藥？妳有聽他說過嗎？』
「沒有啊，減肥藥嗎？」
『哈哈哈，帥啊！』檸檬樂不可支的笑個夠之後，才又說：『所以啦，我就想說雖然明知不可能但還是問妳看看好了，妳下個星期日要來我家烤肉嗎？不過只有我媽我姐和我們。』
我們。
各自沉默了好一會兒之後，檸檬才又不經意似的說：『不過妳的便當可能也會來、如果我約不到人的話。』

「什麼我的便當？」

『王致晟啊，他不是妳的菜嗎？就簡稱妳的便當好了！』

「不要亂講。」

我說，然後心底有個什麼在動搖，動搖。

「不然我這次回來再跟你說好了。」

『喔？』

「于使啦。」

我說，我開始說。我們這陣子的談話很不愉快，我知道熱戀中的情人本來就是那樣，三句話不離『我男朋友……』『我們……』這大概很正常吧？我想如果我也談戀愛的話可能也會變成那樣吧，可是那天在msn上我真的很不高興，只是回台北喝個咖啡了不起兩個小時的時間都東翻西找囉哩吧嗦這天不行那天不行的，而我也不知道突然哪來的這個脾氣，就直接很情緒化的酸她：妳乾脆直接拿妳男朋友的時間表給我看好了！

「然後我們就有點僵，然後……不知道，反正我們就一直還沒有理對方就是了，不知道這樣算不算是吵架？不過我很清楚我們其實已經有點討厭對方了。」

『妳想太多了啦。』

是真的。我們其實已經開始討厭對方了，可是我們曾經是那麼要好還約了要一起變老的好姐妹，所以反而難以置信更難以接受我們怎麼可能會變成那樣？於是更多更多的情緒產生，更多更多的摩擦出現，我們開始看對方討厭卻又不願意承認，可是在這種情況下，長久以來對於彼此這些那些其實看不過去甚至不以為然、但因為是知心好友所以假裝忽略、告訴自己不要也不可以在意的種種缺陷反而更加清楚的浮現、顯現；我們於是開始說一些彼此聽了會不開心的話，我們開始做一些會把彼此推得更遠的事，我們——

「或許在厭倦彼此之前先禮貌疏遠，是種溫柔也不一定吧。」

『聽起來好悲哀的感覺。』

「是啊，然而最悲哀的是，我們明明知道但卻無能為力。」我說，我對他說：

「嘿、林孟杰，我們以後不要變成那樣好不好？」

第三章　去年這時候

好的時候非常好，但願妳有很多好的時候。

——村上春樹《雜文集》

之一　王致晟

我慶幸我有去檸檬家烤肉，因為我本來是不想要去的。

烤肉的本身沒有問題，完全沒有問題！一群哥兒們圍著烤肉架談天說地，旁邊還擱著一箱冰透了的啤酒配著喝（而且很快就會被喝完，必須要再去冰箱搬），光是回想就整個令人心情愉快；如果說過去那幾年有什麼令我既難忘又懷念的回憶，那麼找朋友來我家烤肉絕對會是第一（搞不好還是唯一也不無可能），但是在那畫面裡絕對不會有家長的存在，連我弟都只出現過一兩次、這樣而已。

於是當我聽說檸檬的烤肉邀約之後，我首先不得不確認的是：

「你媽和你姐也會在？」

她們幹嘛也在？沒地方去嗎？我差點不留神就連這話也脫口而出。

『不用擔心啦！她有男朋友了而且她對弟弟沒有興趣啦。』

「誰？你媽還你姐？」

『靠腰！』檸檬笑瞇了他的細長眼、捶了我一拳，然後自顧著繼續說：『我爸應該也會在，不過不會待太久，他假日都很忙。我有講過嗎？我爸是在做食材批發的，所以那一天你根本人來就好什麼都不用帶，而且我保證那絕對會是你吃過最豐盛最新鮮的烤肉！中部的餐廳——』

我趕緊打斷這個話很多的新朋友：

「不然我們去吃原燒也可啊。」

我試著這麼建議他，但他連想也沒想的就搖頭否決，並且接著往我耳朵倒來一缸子關於食品安全、化學添加物……囉哩吧嗦的見解。

我聽得整個人頭昏腦脹，實在有夠囉嗦的、這裝熟魔人。

我有點忘記後來是怎麼被檸檬拖著去的，但合理推測應該是我發現答應他比拒絕他省事吧，他就是有這方面的才能、這檸檬。

我本來都計畫好了去露個面、或許幫忙生個火、接著吃兩片高麗菜夾肉就快閃的，但結果沒想到我居然待了一整個晚上，最後還融入得幫忙收拾整理。

那個在迎新煙火那晚見過一次面的女生也在，一開始的時候我花了一點時間才想起來她的名字叫作溫雨樵而且她不是檸檬的姐姐，雖然她長得比檸檬的親姐姐還要像檸檬的姐姐；這兩個人長得真的好像，只除了檸檬是濃眉毛細長眼、而她的眼睛則是大又圓，除此之外兩個人輪廓相似而且都是小臉蛋白皮膚，連髮型都如出一轍的往後梳成了馬尾，只是檸檬是讓五官顯得更立體的帥氣短馬尾，而她則是旁分斜劉海長馬尾。看著這兩個人同在一個畫面裡令人有種說不上來的愉快感，我不知道該怎麼解釋這感覺。

並且，他們的互動就是情侶，而且是交往了很久、感情穩定到幾乎平淡的情侶。

我是有一點羨慕他們這樣的感情，不過我更羨慕的是他們口中戲稱的老公主，我甚至忍不住的在心底偷偷想：如果她是我媽媽的話，我大概就能夠擁有完全不一樣的童年還有青春期了吧？

我想。

『今天胖嘟嘟怎麼沒有來？我還叫你爸拿好多海鮮過來耶！』

『喔，羅誌銘今天回台北啦，說是要看醫生所以一定要回去。』

『看什麼醫生？他怎麼了？荷爾蒙太營養嗎？』

老公主說，然後他們三個人全都哈哈哈的大笑起來，不等我問，檸檬就解釋了：羅誌銘是個毛髮茂密的大個子，鬍子一天要刮兩次不說、連胸毛都快長到脖子去。

『所以他連夏天都穿很多。』

溫雨樵說，然後檸檬唱雙簧似的答腔：

『我們本來因此幫他取了個綽號叫作熊，不過他很不喜歡而且有點不高興，所以我們只好私底下這樣叫他。』

『但有時候還是會忘記，每一次羅誌銘聽了都會生氣，他脾氣很好的一個人，但就是會對這件事情生氣，屢試不爽！』

接著檸檬姐也說了：

『然後呢，有一次被我媽看到他的胸毛，我媽就很白目的問他：是不是荷爾蒙太營養——』

『我那時候又不知道他不喜歡講這個。』

『反正他當時那個表情超好笑，明明就很想生氣卻又只能夠拚命忍住。』

他們回味的笑了好一陣子，然後又把話丟來接去的，就這麼等第一批食物烤好、而這對母女不知是想看電視還是識趣不打擾於是就這麼帶著回到客廳吃時，檸檬才對我說：

『而且他說他認識你，還說得直發抖咧。』

「我？」

『嗯，說你們是高中同學，怎樣？你是揍過他喔？』

我尷尬的笑笑。我不知道，我那幾年揍過那麼多人我哪能記得清楚揍過的每一個人誰是誰？我沒想到都已經離得那麼遠了、還會在這裡遇到曾經認識過的人。

然後，是的，他們接著聊起夏語樂，而我差點因此把手上的牛排烤焦。

我在學校裡遠遠的看見夏語樂幾次，她幾乎都是一個人，這點和國中時的她一樣，她樣貌完全沒變、和國中時還是一樣，只除了她開始化妝之外，本來她就是個外貌早熟的人、我想像或許十年二十年後她還會是現在的樣貌，豔光四射、美得逼人；我偶遇過她幾次、遠遠的，可是沒有一次有勇氣走向她打招呼，我不知道該怎麼開口認識她，不知道她有沒有男朋友（光是想到這個可能就足以令我心碎），我配得上她嗎？也不知道我就算開口了表白了會不會被她直接打槍；在女孩子方面我算是還有相當程度的自信，不過當對象換成是夏語樂的時候，我好像又變回國中時那個呆呆的慣於閃躲的王致晟。

我不知道該怎麼辦，完全不知道該怎麼做才好，雖然我已經為了她來到這裡，我毫無頭緒也對自己無能為力，可是眼前這兩個人，這兩個人居然已經和她吃過飯了！

我好妒忌。是的，嫉妒。

我好想喝酒，冰透的啤酒。

把烤肉夾交給檸檬，轉身打開一罐我來的路上買的啤酒喝，並且告訴自己試著不要對檸檬的話發脾氣。

『還自己帶著形狀削得好可愛的水果來，拜託喔！她也太明顯了吧？有沒有把師母放在眼裡啊？』

『她只是禮貌。』

『是啦，穿那麼露也是禮貌啦，還有、她講話裝那個聲音幹嘛？想噁死誰啊？連她的大粉絲羅誌銘也說他受不了。』

『她聲音本來就是那樣，她自己也很不喜歡哪。』

『小樵妳真的是太單純了，整個人被她唬著玩。喂、也開一罐給我！』我打開一罐啤酒給檸檬，雖然我是比較想用潑的。『妳就直接跟她講好不好？老師和師母感情那麼好，她自己也親眼看到了，死了那條心吧、拜託喔！』

「你們在講哪個老師？」

『我們班導啊，教國文的那個林世宗教授。』

「喔。」

我知道他，和滿多學生都滿親近的一個教授，有時候也會在籃球場上和我們一起打球，不過球技很弱；我知道他、林世宗，當然，很受女學生的歡迎，好像聽說還有那麼幾個主動告白過，不過我自己的話不是很喜歡他，並不是同性的嫉妒那方面的事情，雖然他總是一臉能夠輕易贏得別人好感的誠懇模樣，但問題就是出在於無時無刻都是那副誠懇的模樣，其實只要仔細觀察的話，不難發現那其實是他刻意想要裝出來的形象。他是個重視形象的男人。

我沒想到夏語樂也會是其中之一，原來她喜歡那一型的男人？所以她現在沒有男朋友嗎？我低頭打開第二罐啤酒。

我們後來聊起別的，聊起好多好多，在檸檬家前的大院子裡，伴著天空上的繁星點點，一邊烤肉喝啤酒一邊放鬆的閒聊天，感覺真棒，懷念的感覺又回來了、而且還比以前的氣氛更好；我們算準時間在宿舍關門前半小時結束並且收拾，這時一直待在客廳裡看電視、讓檸檬烤好了端進去餵食的林家母女（我總算明白為何他一直稱呼她倆為老公主和大公主）再一次出現幫忙收拾清理並且催促著我和溫雨樵趕快先回宿舍免得晚了關門來不及。

「妳要回宿舍？」

我驚訝的問她，而她則是一頭霧水的反問我：

『不然咧？』

我傻楞楞的指著房子的方向，還沒開口就看見他倆臉上尷尬的表情，這時老公主像是及時打圓場似的、轉移話題拿檸檬開玩笑：本來只是想說這學校離家很近所以就填了，結果誰曉得大一新生都規定要住校……

這個圓場成功，很成功，他們四個人就著這話題又胡亂丟話嘲笑，他們看起來很喜歡這個笑點，因為氣氛頓時又變得輕鬆了起來，而我只是納悶：他們幹嘛要尷尬？

「既然這樣的話，那我順便載妳回學校好了。」

我說，然而溫雨樵還沒開口，檸檬就搶先說了：

『別了吧，你剛喝那麼多酒。』

「一小段路而已，而且我才喝三罐而已，沒問題的啦！」

『不行！』

不行。檸檬堅持，很堅持，我想起他的囉嗦纏功，我聽見自己說：好，就聽你的。

於是最後是由檸檬姐開我的車送我們回去，而往後回想，我真覺得那晚應該還是由我開車載著小雨回去才是，因為這麼一來，我應該會在那趟單獨相處的車上便順著話題順著氣氛問她：你們，難道不是一對嗎？

而當時的我並沒有想那麼多，當時的我只滿腦子想著：她是夏語樂在學校裡唯一的朋友，好朋友，她是我唯一能想到接近夏語樂的方式。

而我只這麼想，當時的我，只是這麼單純的想著而已。

當時。

我後來想起來羅誌銘是誰了。並不是因為他的名字他的長相他那熊似的身材，而是他一見到我的時候那臉上瞬間表露出來的害怕神情；那確實是我過去五年裡經常從旁人眼中看見的表情，於是我才發現：在這個新的校園裡的這個新的我，好像漸漸不再遇見這樣子的表情了。

當時他們三個人正坐在學生餐廳裡吃午餐，當檸檬遠遠看到正端著餐盤找座位的我便揮揮手，於是我自然的朝他們走去，就是在那個當下、我看見羅誌銘臉上害怕的表情，接著我們同時看見他端起餐盤起身想走，往後那將會變成我們玩不膩的智障戲碼：只要有一個人端著餐盤走過來，在坐下的同時、另外三個人就會好默契的起身走人，然後我們會開始變得諜對諜，端著餐盤猶豫不決哪一次該直接坐下或者哪一次會成功騙到另外三個人白白起身然後因此得意洋洋。

此時我們聽見檸檬刻意大著嗓門大開玩笑：

『好了啦你！坐下來吃飯啦！不然這樣好不好？如果這傢伙欺負你的話，我就負責保護你好不好？』

『幹。』

羅誌銘無聲的說了這個字，然後悶悶的坐了下來，此刻周遭的同學對我們投以異樣的眼光，不過他們三個人卻一副不知該說是視若無睹又或者是早就習慣了的姿態。

『欸，你真的很像脾氣不好的老公在吼老婆吶，那你接下來是不是要叫他去廚房切一盤水果來？』

『妳才去給我切一盤水果來啦！』

溫雨樵爽朗的笑了起來，和她秀氣的外表很不符合的是、她笑起來很男孩子氣；我發現她今天比較放鬆的樣子、不像在檸檬家烤肉時那樣安靜，當他們三個人齊聚在一起的時候她好像比較自在，而且當他們三個人出現在同一個畫面的時候，她很奇異似的又不太像是檸檬的女朋友了。

「你們到底是不是一對啊？」

我當時是很想要直接這麼問的，不過話沒問出口，因為她正抬頭看著我，問：

『之後大家都熟了你再公正的告訴我，他們兩個究竟是不是很像老夫老妻，因為我一直覺得是這樣，可是他們兩個都不承認，可能是害羞吧。』

『靠北。』

他們兩個異口同聲。

之後大家都熟了。

似乎就是從小雨的這句話開始，我們才真正算得上是朋友，四個人一起的朋友；魔法似的一句話、魔法似的一個女孩，往後回想，我真的真的是這麼認為的。

在那一段可以直接取名為友情的尋常午餐裡，他們三個人像是在做什麼研究報告似的，盤問起我那段根本就想要遺忘的過去，對，我過去大概就是所謂的壞學生，根本可以放進標本直接貼上壞學生標籤以作為示範的那種程度，沒什麼好說的，就是絕大部分你們過去在學校裡遠遠的看見的那種逞兇鬥狠比拳頭的壞學生，沒兩樣。

都一樣。

不，我沒有吸毒，不過我朋友裡確實滿多人吸毒了，想來真是謝謝他們讓我看見吸毒的下場，他們會一直跑廁所，很掃興，本來我以為那是他們毒癮大要補充，不過後來才聽說是因為他們拉K拉得膀胱都壞了。我對包尿布沒興趣。

不，我想我沒有打過羅誌銘，難道我有嗎？

『沒有，你的確沒有，因為我躲你躲得很到位，連上廁所都刻意去別棟大樓。』

羅誌銘釋懷了似的說，然後我們同時笑開來，是的，我們，我們四個人。

『那你有刺青嗎？』

搖搖頭，我直白的說：因為我怕痛。然後他們三個人同時安靜下來，然後我發現我窘了：

『不一樣好不好？在打架的時候你根本不會想到痛，滿腦子只想著要贏而已，可是刺青不一樣，刺青就是一直坐在那裡痛，你滿腦子就只會想著痛，我幹嘛要？』

然後他們笑，爆笑開來的那種笑，然後這兩隻開始了情境模仿秀：

『喂喂！他說他怕痛。』

『好痛好痛師傅不要。』

『沒關係啦，不然我幫你呼呼？』

『不要不要人家怕怕。』

「無聊。」

他們實在很無聊，可是結果我卻看得笑了。

像是習以為常似的、小雨放任他們兩個嬉鬧，轉頭問我：

『那，羅誌銘說你有槍，這是真的嗎？』

『喂妳幹嘛真的問啦！我都快尿褲子了我！』

『沒關係！我護駕！』

「嗯。」

『你怎麼會有啊？』

「買的啊！不然咧？」

『噢。』

這話她想了想，然後繼續就著這個話題問：

『那，一把槍是多少錢啊？』

『妳問這麼仔細幹嘛？記者小姐。』

這位記者小姐問出了他們的興趣，他們跟著也好奇的追問。

「十幾萬吧、我有點忘了。」

『十幾萬，你一個高中生哪來的錢？』

『他都開賓士了你說咧？』

『那，你有射擊過嗎？是不是要先去學打靶什麼的？』

我先是點頭，接著搖頭，然後小雨又追著問細節，當我看著她那如同小狗般可愛純淨的臉龐時，我發現我竟不忍心告訴她細節。

「喔，妳不會想要知道的。」

我說，接著再一次說起我國三那年的那個樓梯轉角和我弟，我試著儘可能輕描淡寫或者儘可能好笑的說，不過他們還是聽得都沉默了。

『我國中的時候學校裡也有那些壞學生，不過……』

檸檬聳聳肩，而羅誌銘則說：

『我是捱過幾次揍，因為我們學校最壞的學生就在我們班，而且好像大家都喜歡找胖子麻煩是嗎？不過有一次我記得很清楚，是有天有校外人士跑進來找我們學生麻煩，然後我們班那個大哥就帶頭衝了出去打群架，大家都衝出去了，可是我沒有，所以……』

滿熟悉的畫面，我說，我總是那個帶頭的，而且確實在學校裡雖然很壞，但並不允許同校的被校外的找麻煩，就算對象是和自己打過架的嗆過聲的，遇到這種情形也還是會衝出去幫忙，不過我並不介意那些還坐在位子上的同學，我以前也是那些人，我知道我是怎麼變壞的。

「每個人都應該有自己的選擇，我選擇了還手選擇了變壞，可是那不代表別人也要跟我一樣，相反的，如果時間可以重新來過的話，我會寧願抱著我弟一起被揍忍下來，反正……嗯。」

反正那些人也不會平安太久活太久。

『那，你後來是怎麼變好的？』

她問，而我，楞住。我沒被這麼問過，也沒想過會被這麼問。

之後大家都熟了。

那天我以謝謝檬檸的烤肉夜晚以及向羅誌銘的高中噩夢道歉為由請他們吃火

鍋，而地點是在羅誌銘的租屋處；於是我才知道，原來小雨那天很安靜是因為她喝了酒，她只要一喝醉就會變得很安靜、而且是只消兩罐啤酒就會喝醉，兩罐倒，不囉嗦；而羅誌銘則是酒量驚人的好，沒有人看過他醉也沒有人相信他的身體構造和我們一樣，而且他還有點看不起我們這些只喝冰啤酒的人，在這學校的前幾年，他會逐漸從貪杯的大學生變成職業等級的酒鬼，他喝出來的空酒瓶會從他的房門口慢慢堆出一面酒瓶牆擺在我們的客廳裡展示著；而至於檸檬則是一喝醉就會生氣，但還好他不常喝醉，他知道適可而止。

他還有一次喝醉了背對著我哭。

之後大家都熟了。

大一結束的時候我們也是在租屋處煮火鍋，那時候我們經常會相約一起開車回台北，那時候我很難相信小雨在大一的時候是個每週末都要回台北的乖寶寶（不累嗎？），那時候和羅誌銘找了間三層樓高總共兩大房兩小房的透天厝租下，那是老公主幫我們介紹來的房子，租金相當便宜，而且還附帶了完整的家具，完整到根本就是當時的住戶隻身搬走、而屋內的模樣就這麼刻意地完整保留下來似的。

『不過前提是如果曹老師的侄子回來的話，租約就結束，而你們就要在最快時間內搬出去喔。』

老公主強調著，不過這事在我們同居的那幾年裡都沒有發生。

『這是我國中歷史老師的房子，本來好像和她侄子一起住的吧？我國中的時候就只剩下她了，所以房間的家具總共是有兩套，不過後來曹老師嫁去台北之後也都放著沒用了，所以每個東西都要檢查一下還能不能用，如果有壞掉的就直接丟掉吧，曹老師在電話裡是這麼說的。』

「她為什麼連一樣也沒帶走？」

『我哪知，而且印象中她滿兇的我也不敢問她，總之如果不是我們這所新開的大學，這房子大概也就繼續空著吧，所以租金她收得相當便宜簡直就是做公益了！不過反正她也不缺錢就是了。』

結果家具沒有一樣壞掉，只是需要相當程度的整理，當時我問小雨要不要搬出來一起分租？她可以獨占整個三樓的一大房一小房沒問題，然而她的表情卻讓我覺得自己的這個邀約相當失禮。我搞不懂是哪裡失禮。

於是大一結束的這一天，檸檬先是去學校宿舍幫小雨把行李載過來，我們只先稍微整理了廚房和客廳，接著隔天我們再一起回台北過暑假。

『我再去台北找你們玩，不要一個個給我裝忙啊！』

一邊下著水餃的時候，檸檬說。

『誰敢跟你裝忙啊、根本就隨傳隨到好不好？』

「你可以住我家啊，多玩幾天！」

『好兄弟！』

檸檬開心的笑著，接著開始很檸檬的就著他帶來的牛肉湯囉嗦個不停，『我有跟你們講過這家牛肉湯嗎？這湯頭——』

『我先去切蔥好了，等檸檬講古時間結束再叫我出來，看還有什麼要切要洗的、全部都拿給我！』

『那我先去洗鍋子好了，會用小蘇打粉、當然，因為檸檬哥有交代——』

『好了啦，你們會懷念的、這個少了我的夏天。』

去年這時候。

看著因為這三個人擠在裡頭而過度熱鬧的廚房，我突然有感而發：去年這時候我和他們都還不認識，而且去年這時候的我，想也沒想過在我的人生裡真的能夠擁有這樣的畫面，能夠遇到像他們這樣的朋友；那時候以為我的人生就只有一種可能，下場不是坐牢就是被躺著送回家、而且想來也不會是太久以後，我那時候生命裡完全沒有遇過像他們這樣的人，這樣的朋友，好朋友；我那時候甚至不知道我也可以過這樣的生活，我甚至好久好久沒有坐在家裡的餐桌旁吃過一頓由家人親手煮出來的飯菜、直到遇見他們之後我才，我——

我想把這一堆感觸具體的告訴他們，讓我突然心底喉頭都滿溢了的這三個人，這一年來每天每天都出現在我生活裡我身邊我對面的這三個人，或許氣氛不是太矯情的話，我還想要說聲謝謝，真的謝謝，謝謝他們讓我走進他們的世界，謝謝他們帶我看見另一個世界，讓我活在另一種可能裡面，去年這時候的我、想也想不到的可能。

可是結果我沒說，結果我卻對他們說起了奶奶，我好久好久沒再想起的奶奶，我以為我提也不會提起的奶奶。

「我有說過嗎？我還是到國小以後才知道原來平常人家裡在桌上擺著的通常是水果而不是一疊鈔票，不過在國小之前我們家不是那樣的，擺的也是一盤水果，洗好的或切好的水果，我奶奶自己去買了洗了切了的，不是我媽，當然不會是我媽。

「可是我小的時候很氣我奶奶，她對我媽很壞、而且只偏心我弟，好像在她眼底我就只會欺負弟弟只會害弟弟受傷我就是調皮搗蛋不受教、什麼事情都是我的錯！可是長大後我才知道，奶奶還在的那幾年，是我們家比較像個家的那幾年。」

我一口氣說完這一堆，然後立刻因為自己說得太多太深而難為情，而檸檬果真是檸檬，他看穿了我的心思而且他知道該怎麼接話，他一向知道該怎麼做。

『好啦，不然暑假我就捉一隻雞上台北去你家用用你家蓋來裝飾用的廚房要不要？』

「靠北！」

呵。

之二
溫雨樵

我不知道該怎麼解釋為何致晟的那自白那神情會直覺讓我聯想起語樂，儘管他們兩個人的性格和家庭背景完全性的不一致，唯一相似之處大概在於，不認識他們的人會直覺認定他們高傲得難以接近，但明白他們的朋友則會知道，那是因為他們寂寞得不知該如何自處。在我眼中致晟和語樂都是這樣的人，在遇見他們之後我才知道原來我會完完全全的被這樣的人給吸引。

原來我被和自身完全相反性格的人吸引。

和致晟不同的是，語樂並沒有因此走進我們的小小世界裡，本來檸檬就不喜歡她，後來因為教授的事變得更加反感。

『我知道我這樣是人格偏差，但是沒有辦法，截至目前為止，我對我的人格偏差完全沒有辦法。但反正我本來就沒有要追求人見人愛的人生。』語樂曾經這麼說過，『還好我們還年輕，青春會讓人變得比較容易原諒，青春的本身就是個藉口，青春本來就傻。難道要等到年紀大了才傻嗎？那就不可愛了，可悲了。』

相較於檸檬，我對於語樂的態度沒有那麼強烈、反而還有點被她吸引，於是我才知道，原來我很羨慕她，真希望可以偷點她的勇敢，和不怕失敗的義無反顧，如此一來也不必愛得那麼隱藏那麼心苦，我痛恨我懦弱的無所作為，痛恨，但卻無能為力。

我只有一次表露過對致晟的感情，那是初次和致晟在檸檬家烤肉時，我們第一次那麼近距離的接觸，我們看起來會近距離的相處一整個晚上，我害怕我的感情會無所遁形，我還沒學會該怎麼拿捏這份情感，我無時無刻的感覺到下一秒就要洩漏就要暴走而我不知所措，我甚至因此感覺緊張好緊張，我於是快快的喝完一罐啤酒藉此換得安靜的空間、讓情感得以緩衝，後來這變成是種慣性、每當我們在一起的時候；我其實並沒有只喝兩罐啤酒就醉，我只是希望也喜歡他們這樣誤會，好讓每次我察覺自身的情感就要揭露時得以安靜的沉默。

想來的確可悲，因為安靜的緩衝竟然是我唯一能想到面對這份感情的方式。

『這樣假裝不難受嗎？怎麼不告白呢？既然妳說他現在也沒有女朋友的話。』語樂問，而我沉默，我不知道我想不想說。

『有沒有可能他其實對妳也有感覺呢？只是因為大家都是同一個小圈子裡的好朋友，也在害怕著避免著情感變質所以——』

「才不是，」打斷語樂，我說，我選擇誠實的說：「我知道被喜歡是什麼感覺。」

所以是的，我知道致晟不喜歡我，不是那種喜歡，我不想要我單方面的愛情破壞了我們四個人之間的完美平衡、情感融洽。我知道他需要朋友。他需要我們。

「而且我也不確定他是不是喜歡女生，如果他是gay的話，那不就糗大了……」

『嗯？』

「我有時候覺得他好像gay但有時候又不是，簡單說來當致晟和檸檬在一起的時候，我覺得他好像是gay而且他們根本就一對，可是當致晟自己一個人的時候，又感覺他應該是愛女生的沒有錯，因為他看女生的眼神。」

有一次檸檬在學校附近出車禍，不算是很嚴重的車禍，不過左小腿還是結結實實的打上了石膏、住了幾天醫院，然後晚上待在醫院陪他照顧他的人不是老公主卻是致晟，而且因為致晟人高馬大的塞不下小床，所以他就乾脆和檸檬一起睡在病床上。

語樂眼睛瞪得好大，接著才像是要打圓場似的，說：

『不會啦，如果換成是妳和我的話，我們也會這樣吧？』

坦白說我不會，我討厭醫院。

『不過看不出來他是那種會照顧人的男生。』

「妳認識他？」

『嗯，他是我國中時候的學長，那時候的他感覺和現在很不一樣，』看了我一眼，語樂快快的又說：『不過我和他完全稱不上認識甚至連句話也沒和彼此講過，只是知道這個人而已。』

「喔。」

我只有告訴過語樂這份對於致晟的感情，這自願選擇藏在心底說也無處的情感，是因為她知道致晟但卻不認識致晟，而身邊能有這麼一個人訴說，確實能讓心底累積的情感釋放，稍微釋放，卻又不必要因此有所顧慮、感到尷尬；我慶幸語樂取代了于使在我心底我生活的位置，我很喜歡身邊能有語樂這麼一個親近的掏心的姐妹，我才不在乎別人眼中的她是什麼形象，但是我沒想到有一天她會開始走進我們的小小世界，然後接著，我們之間，開始起了變化。

起了變化。

檸檬在暑假的最後一週突然跑來淡水找我，當他在手機裡說著他人就在我家樓下時，我還以為他在誆我，當我一路跑到了樓下看見他人真的就站在那裡喝著可樂的時候，我還是不敢相信我的眼睛。檸檬說得沒錯，幾乎兩個月沒看到他，我真的會懷念，甚至連他的碎碎唸都相當懷念。

我給了他一個好大的擁抱，而且還忍不住歡呼大叫著。

『吼！我會閃到腰啦！』他又笑又叫的抱怨著：『可樂都灑出來了啦！妳要

賠我。』

「你少來！我又不胖。」

『我也不胖啊，所以……』

我嘖了他一聲，然後繼續興奮著：

「你怎麼突然跑來啊？你怎麼知道我家的地址？」

『王致晟告訴我的啊。』

「對啊，離他家滿遠的其實，都跟他說在他家附近的捷運站放我下車就好了，但是——他們人咧？」

『整個暑假都窩在溫馨老房裡啊，一個見色忘友，一個當電燈泡以防止鬧出人命。』

「致晟有女朋友了？」

『我就知道妳會這樣問因為我也是，』檸檬得意的哈哈大笑，然後才解釋：『沒有啦！是羅誌銘，驚死人吧！好了我要去逛淡水老街然後晚餐在漁人碼頭看著夕陽吃，隨便什麼晚餐！這次換妳帶路了、在地人！』

於是我才知道，整個暑假他們三個人都還是窩在一起，檸檬在嬸嬸開的茶店打工，而羅誌銘則是找了總務處的暑期工讀，至於致晟則是表示、他反正在台北也沒朋友無聊，所以只在家裡待了沒多久、便以要打掃新家為理由、就這麼成天和他們混在一起還三天兩頭跑去茶店當義工只為了能夠和檸檬在一起。

「你們很過分耶！都沒跟我講，我只知道羅誌銘本來就會在學校工讀……」

『就很突然啊，我嬸嬸的茶店一直留不住工讀生所以就把我捉去擋，很忙耶！我還是直到昨天突然看日曆才發現暑假都快過完了，所以就跟她說：不管，我一定要去台北玩！給我假！我要休假！然後今天起床我就搭了一早的火車跑來了，累死我，妳大一的時候怎麼受得了每週末回家啊？』

兩個月不見的檸檬口味的囉嗦，好懷念。

『然後王致晟也是啊，一直叫我來台北找他玩可是我就沒空啊，所以他乾脆就自己跑下來找我們了，他大概真的很愛我們吧哈哈！有問過他找妳一起啊，不過我們都覺得沒可能而且妳是要住哪？』

「好了啦，蘑菇口味的檸檬。所以是羅誌銘交女朋友嗎？」

『嗯啊，有夠不可思議吧？他長那熊樣耶，而且還不是可愛的貓熊無尾熊，是真人版的台灣黑熊！』

檸檬說著便開始模仿起熊，我笑得一直打他的手臂。接著我知道，那學妹是學務處的工讀生，羅誌銘好像暗戀人家好一陣子了，卻又遲遲沒有自信不敢告白，只是每天他們在溫馨老房裡喝酒訴苦悶——

『大概是連續聽了一個星期吧、有點忘了，反正那天我跟王致晟說，這隻熊明天敢要再往我們耳朵丟這一大缸子噁心話、我就倒光他的酒！結果誰曉得那傢伙那麼衝隔天就跑去幫人家告白，真服了他！也不怕那女的愛上的是他。』
「結果他怎麼說？」
『他說他完全沒想到那邊去，然後還罵我很變態。』
「呵。」
『不過還好是沒有，那女生好像剛好喜歡熊一樣的溫柔男人而且被朋友代替告白時還會膝蓋發軟的那一種老實人，那畫面真的很好笑，真應該錄下來的！順道一提，羅誌銘因此酒少喝了很多，而且還很努力的減肥因為那女的小小一隻他怕兩個人站在一起畫面會歪掉，不過他真的是很應該要減肥了，而且也真的瘦了不少，不過還是隻熊就是了。』
「那女生如何？」
『還不錯啊，看起來滿親切的。』
「什麼叫作長得滿親切的？」
『就……長得很親切啊。』
「呿，那你們呢？」
檸檬沉默了一下，像是在認真的思考該怎麼回答這個問題似的，最後他的決定是不要回答我，他把問題丟回給我：
『妳自己咧？這兩個月怎樣？沒打工？』

「沒有啊，回來都已經暑假開始了，怎麼可能找得到暑期打工，我是有點想要去報名那個歌唱比賽啦，這個夏天剛好有在辦下一屆的海選，然後語樂就一直慫恿我去，她說我唱歌很好聽根本就應該要去——」

『妳的確是啊，』檸檬說，很難得他居然跟語樂意見一致。『那就去啊！要不要幫妳報名？』

「不要啦！我覺得有點可怕，那跟唱ｋｔｖ又不一樣，我一定會怯場，搞不好還會尿褲子。」

『拜託喔！』

嘖，就知道不應該跟他說這個。如果換成是致晟或是羅誌銘，他們大概會嬉皮笑臉的說：那不然我送妳一包包大人就好啦。

「跟你講喔，我這兩個月都在學做菜！回到老房子之後，讓我來做幾道拿手菜給你們吃！」

『真的假的？』

「嗯啊。」

接著我告訴檸檬，這個暑假我幾乎都和語樂玩在一起，有時候當個小助理陪她進攝影棚拍照片，而結束之後她會請我到漂亮的餐廳吃東西；對我而言那好像是不一樣的世界不一樣的人生，一切的一切都美得像照片，美得就像是直接走進雜誌裡一樣，美得真是令人羨慕；不過走出那個世界的語樂，則是反差得好可愛，她就像是個小妻子一樣，每天穿得很美然後找我去 sogo 採買食材再回她家做好吃的料理。

「你一定難以置信因為我本來也是！語樂很愛做菜而且也很會做菜，她連擺盤都好講究、而且我指的不是上桌之後的擺盤、而是食材洗了切了之後就開始擺盤然後拍照……」

檸檬開始翻白眼，果真。

「好啦，反正她就是好樂於生活也好講究生活的一個女生，娶到她的男人一定超幸福的！而且你知道嗎？她爸媽感情很好，從她很小的時候就經常在餐桌上放錢然後兩個人就這麼外出蜜月去，所以她從小就開始照顧她弟弟，而且她確實也很會照顧人耶！她有空的時候甚至會幫她哥哥準備愛心便當。好想變成她那樣子的女生喔！」

『妳還是做妳自己就好。』

「好啦。」

我說。但我沒說她和教授其實還有後續，本來她就有在訂閱教授的無名，而自從那次聚餐有了互動認識之後、她便開始會在無名上和教授悄悄話互動，甚至這個暑假教授去美國找唸博士班的師母時，他還會從每個城市寄好漂亮的明信片給她；我不知道這代表了什麼、或者又暗示了什麼，而她也沒說，不過她看起來好快樂的樣子。

她看起來因此感到幸福，打從心底幸福。

回過神來，檸檬望著斜斜的夕陽，突然的說：

『妳大概覺得沒什麼甚至也不會特別去注意，但我真的很喜歡淡水的夕陽，很美，不一樣。這是我第二次來淡水。』

這是我第二次來淡水。檸檬說。

『高中畢業的那天我和班上幾個要好的同學一起來淡水玩，就當作是我們自己追加的畢業旅行，兩天一夜，淡水北投加士林，現在回想起來覺得說不通，大熱天的我們倒是去北投幹嘛？不過反正還算順路，所以就去了，而且還真泡了溫泉，還好有冷氣，不然包準會中暑。』

「你們幾個人？」

『八個，五男三女，男生睡通鋪女生睡四人房。』

「喔。」

『然後我剛剛坐在這裡的時候，一直試著回想在淡水的那天我們都去了哪裡？想著明天讓妳帶我原路線再走一次，可是沒辦法，硬是想不起來，只記得當時我們租著機車到最近的加油站加了92五十塊。真怪，明明才兩年前的事不是嗎？搞不懂。不過幸好是沒有連同行的人也給忘了，但或許再過幾個兩年就會連這一點也忘了吧。真慘！

『我今天搭火車的時候，一直有在考慮要不要打個電話給誰，我們那八個人裡面有兩個男生和一個女生考到台北的學校，而且那女的唸的就是淡大；和他們也好久沒碰面了，是時候趁這機會順便敘個舊，而且反正我沒說一聲的就跑來、妳也不一定有空；可是我手機按過來按過去、從台中都按到桃園了，最後卻在板橋的時候把手機收進口袋裡。那是什麼樣的心情呢？怎麼會有那種心情呢？真是搞不懂。』

「那兩男一女怎麼了？」

看著檸檬，我問，而檸檬則是痞痞笑了起來，好誇張的笑了起來：

『嘿！妳！沒有看起來的笨嘛！』

「什麼啊。」

『那一男一女在台北談起戀愛來了，另外一個只是單純的沒有聯絡了。那女生是我高中時候的女朋友，那其中一個男生是我高中時候最好的朋友，然後他們都選擇了台北的大學，然後可能異鄉寂寞可能遠距離太累也可能在高中的時候他們就開始眉來眼去只是我白痴得太相信朋友了所以什麼都沒感覺到，反正就這麼一回事，他們談起戀愛來了，然後我們回不去了，不只是我們三個人，而是我和他們七個人，然後我發誓這種事情再也不要發生在我身上了，因為愛來愛去變來變去搞丟了一整群的朋友，再也不想遇到這種事了，然後、對不起，不過、幹。』

我拍拍他的手，然後問：

「是你的初戀女友嗎？」

『喔，妳還記得這件事喔。』檸檬尷尬的笑笑，然後說：『不，不是，她不是我的初戀女友，謝天謝地她不是，是的話就吐血了；國中那個才是，不過她也不是我的初戀女友，因為我的初戀還沒有發生。』

「在講什麼東西啦？」

『好啦，我要去撒尿。』

我懷疑檸檬只是假裝去上廁所、實際上卻是一路跑到淡大去放火，因為他實在去了有夠久，我不認為檸檬會是去上大號，因為檸檬從不在外面上大號，大一的時候他甚至因此每天放學後特地回家蹲馬桶。這件事情我們嘲笑了他好久，我毫不懷疑今天檸檬在出門前就先上了廁所，他就是有這能耐，在這方面他根本就是個人肉機器人。

這些只有彼此才會知道而且隨隨便便就能夠輕鬆想起的小細節小回憶，會不會也在兩年後連想也想不起來？就像檸檬和他們那樣？就像我和于倢那樣？會不會在兩年之後我們會各自對著下一群新的好朋友說，那時候我和那個誰成天玩在一起，我們感情很好，我們情同手足，可是現在我有點想不起來他是姓謝還是葉？

不，不可以，我們不可以變成那樣。

不管人生給了我們什麼樣的未來，又，未來我們變成了什麼樣的人，我們都要永遠在一起，不離棄。

過了好久、久到我都想打電話要我弟去淡大看看校園是否還安好時、檸檬才終於又回來，他一屁股坐下就立刻說：

『有些話是這樣，我們以為一定要說，因為說了就是一切，一切因此改變，並不是什麼艱澀難懂的話，相反的、簡簡單單的幾個字而已，連小學生都會說的國字，然後一個問號，或許再一個句號，但絕對不會用上驚嘆號；可是沒辦法，但真的面對的時候，卻硬是沒有辦法，說不出口也問不出口，就這回事。』

「你在說什麼？」

筆直的凝望了我一眼，隨即又低垂下眼簾，檸檬說：

『其實這是我第三次到淡水才是，那時候我不知道哪根筋不對，很堅持一定要當面說清楚，那既然她不肯下來找我、我就直接殺來台北找她好了，分手很重要，我非得親眼看著她親口聽她說：對，我要和你分手。有句話是這樣：吵架的時候一定要當面，因為這樣你才能夠親眼看見對方當下的表情，你才知道她是不是在逞強，又或者是不是在欺瞞。

『所以我就來了，下了火車搭了捷運，我來到淡水，然後站在淡火捷運站，不知道為什麼，我突然不想要看到她了，我突然覺得這一切都不重要了，反正就是這樣了，在電話裡都說得很清楚了，說得夠清楚了，我是他媽的要當面看什麼？看她掉眼淚嗎？神經病、又不是沒看過，所以我就走了，對我就這樣直接走掉了，我不知道那天她等了我多久，在捷運上在火車上我就這麼看著她的號碼她的名字在我手機響起，我不知道幹什麼我不直接關機就好了，我也不知道幹什麼我不直接跟她說一聲、我不去了就好了，我不知道，但反正就……嗯。等一下要不要和我們去轟炸象山？』

檸檬沒頭沒腦的說了這一大堆之後，又沒頭沒腦的問來這一句，我一時反應不過來，我猜他大概是故意的，而且他大概很喜歡看我這個表情，因為他樂得哈哈大笑，他笑了好久。

『和王致晟啦，我剛在和他講電話，他問我們要不要一起去轟炸象山。』

「講那麼久？」還有：「他也在台北的話幹嘛不和你一起過來？」

『喔，就家裡有點事之類的吧。』

「喔。」

轟炸象山。

結果這兩個傢伙所謂的轟炸象山就是帶著幾根比較粗的仙女棒去象山看夜景，真是夠了，真是相當符合這兩個人的白爛性格；致晟堅持仙女棒是特地為了檸檬準備的，因為他那張漂亮的小臉蛋在這麼氣氛的夜景裡不適合仙女棒還適合什麼？而檸檬毫不意外的立刻送他一聲幹，接著兩個人在象山的夜景裡嬉鬧得扭打成一團，他們感情真的很好，我們的確深愛著彼此。

我們不可以離散。

之後我們續攤去了關渡等日出，最後再以麥當勞早餐作為句點，然後他們送我回家，然後他們愉快的說著終於可以回家喝酒了，這麼早不知道哪有在賣鹹酥雞？致晟家和語樂家離得不遠。目送著他們哥倆好開車離去的方向，我突然想到這一點。

那天早上我刷了牙洗了澡接著倒頭便睡，身體雖然疲累但精神卻很亢奮，大概是這個原因，本來不太作夢的我，當時卻發了這麼一個奇異而且在醒來在日後都還印象鮮明的夢：

夢的場景是在候機室裡，夢裡我和一個戴著黑框眼鏡的中年男子坐在一起等待登機，我不知道這個中年男子是誰，不過夢裡我們感情很好，我很信賴他，我們好像正要去哪工作的樣子；夢裡我一直在注視著前方一個身材高大的男生，他就坐在我左前方的座位，我很想看清楚他的長相因為我以為他會是致晟，可是其實不用細看也知道他並不是，他們只是同樣身材都高大而已，而且他的脖子後面有個顯眼的十字架刺青，但致晟沒有。

致晟不刺青。

然後我們開始登機。

中年男子坐在靠窗的位子，而我靠走道，『我喜歡靠窗的座位，因為我其實不喜歡被人群包圍，所以離開了本來的位子，然後再繼續；但是妳不一樣，妳適合被接觸，妳應該被喜歡被愛著。』他好像這麼對我說著，但我沒細聽，因為我正凝望著前方朝我走來的這個男生，他看見我看著他，然後他走到我身後的座位。

『其實根本就不必害怕失去或者結束，因為終點往往才是起點，而我，相信輪迴，生與死，緣與滅。』

中年男子還在繼續說著，而我想問他什麼的時候，我左邊傳來那個陌生的年輕大男生打斷我們的談話，我聽見他問：

『嘿，妳相信我嗎？』

第四章

還有一件事

那是我的心，你不可以這樣拿著就走。

——pleasefindthis

之一　王致晟

我不意外檸檬會選擇打電話給我，我不認為他會對小雨說出口，他不是害怕得不到，他只是太害怕失去了。他太愛我們了，我們四個人。

前一晚我們三個在老房子裡徹夜喝酒聊天，說不上是因為小雨不在場又或者是見色忘友好一陣子的羅誌銘難得同座，於是我們喝開來也聊開來，就這麼一路亂聊、聊起了感情；我們都很驚訝的發現認識彼此的這一年來我們成天混在一起、聊了扯了一整個太平洋那麼多那麼大的廢話屁話卻唯獨從來沒有對彼此聊過感情的事，什麼都聊了、就是沒聊過感情，我們的這一年。

我們大概真的很愛我們吧。

是羅誌銘開的頭、那一夜。

那一夜我們先後承認目前都是單身，過去都交過幾個女朋友，不過都沒有一個還保持聯絡，大概是因為分手或者被分手的方式都很混帳吧！

接著羅誌銘趁著酒意起鬨著逼問著檸檬是不是暗戀小雨，我猜他這疑問大概已經憋了兩年，而檸檬也是；不確定是酒喝多了還是純粹累了又或者只是小雨不在場，我們都很驚訝的看著檸檬很乾脆的就承認了，或許正是因為承認得太快太乾脆了，反正都來不及收回後悔、索性就把話題轉開，他問我：那你呢？

「夏語樂。」我學他乾脆的說，然後還學他痞痞的補充：「她是我國中的學妹，而我從國中的時候就一直暗戀她直到現在，以及未來。」

『那你怎麼辦得到在心擺著誰卻又和別的人交往？』

我聳聳肩膀，我沒想過這個問題也不知道該怎麼回答，我以為這是兩碼子的事。難道這不是嗎？

『那幹嘛一直不追她？』

「什麼不追她？我都追到這裡來了。」我嘖了一聲，「但就一直沒機會啊，國中的時候就別提了，她那時候想躲的大概就是我這種人，那後來……」

『她和小雨不是好朋友嗎？』

羅誌銘挖了個洞問，而我則順勢瞥了檸檬一眼，那是很有情緒的一眼，惹得檸檬一陣訕笑，得意的訕笑。他痞痞的笑著說：

『沒想到是個痴情種嘛你！』

「是啊，我知道，這一年聽了你說她不少壞話，所以我一直沒說。」

『好啦！為了你，我改！』

「你早該。」

更多更多的起鬨，更多更多的瞎鬧，我們越扯越覺得這根本就是個好主意：他追小雨，我追語樂，這麼一來我們便能從四個一組的好朋友變成三對好友，這根本就太讚了！

『可是這麼一來，我們出去玩的話車要怎麼坐？羅誌銘又那麼胖，難道塞後車廂嗎？』

「那就叫他自己騎車在後面跟好了。」

『喂！』

興致太好，我們決定打鐵趁熱、免得檸檬酒醒之後又後悔推說是喝醉了的玩笑話，騙我們的而已；我們於是把浴缸刷了輪流泡澡醒酒，接著開始改喝大量的熱咖啡和白開水，就這麼等到天一亮，我們開車北上。

北上告白。

雖然一開始就說好了要輪流開車，但是檸檬還是一上車就倒頭睡死，然後在桃園左右才終於醒來，一醒來便說他餓了要吃早餐而且很想尿尿，我告訴他車上有保特瓶而且背包裡好像還有幾包餅乾應該沒過期，接著他給了我一聲幹。我笑著笑著突然分心的想到，此刻若是小雨就坐在後座的話，她一定又會開著玩笑說我倆好像老夫老妻而且我很確定她會說誰是老公誰是老婆甚至誰比較愛誰。

這小雨。

我們於是找了下一個休息站停下，然後檸檬一邊吃著早餐一邊沒頭沒腦的開始說起他前一個女朋友以及那一群因此不再見面的朋友，就是在那個當下，我心裡就已經有了個底。

他不會告白的。

「要不要一起去幫你告白？我這個夏天成功了一次，應該很有機率連莊，好手氣不應該浪費。」

『不用了謝謝，我又不是羅誌銘。』

「幹。」

『幹嘛？怕我晃點你們喔？還是要當見證人？』

「我還證婚人咧！」我推了他一下：「都專程衝到台北了……」

『不要啦、真的，這樣很奇怪。』檸檬說，『如果，我是說如果……』

我幫他說：

「如果的話，那你就打電話給我，然後我們就去象山看夜景然後再去關渡看日出然後當作這整件事情沒有發生過，我們還是好朋友，我們五個人，如何？」

『聽來不錯。』

是不錯，但我還是想確認一下：

「我們兩個人嗎？還是和小雨一起？」

檸檬聳聳肩膀，他沒有回答我。

「希望今天不會接到你的電話。」

『是啊，我也不希望今天晚上是和你睡，還是女人好抱。』

「放心，我的床很大一張，就算睡一起也抱不到對方，就可惜了你長那麼漂亮卻不是女人，不然一起滾床、滋味多好。」

『幹，找罵還討打？』

「我是說真的，如果你是女人的話，我就不愛夏語樂了改愛你，只當你專屬的痴情種。」

『那你也去愛小雨好了，你們不老說她就是女版的我？』

「白爛。」

我在小雨家樓下放他下車，接著頭也不回的一路開車回家補眠，我睏死了、因為；我不知道他和小雨說了什麼去了哪裡那麼久時間？當他打電話給我的時候已經接近黃昏，我睡得很飽而且精神很好，我毫不意外他開口只說：去象山吧。然後就掛了電話。

我沒有逼問他告白了沒有？我也不驚訝小雨會和我們一起，我只是佩服和小雨相處時的檸檬看起來是和昨天之前的檸檬一樣，不尷尬不失落也不彆扭，自在得好像昨夜那番告白真的只是酒後胡言、騙我們的。

而我只是在想，他把感情都藏哪去了？他心不心苦？

我們一夜沒睡但卻誰也不睏，躺在雙人床的兩端，檸檬開口先說：

『再這樣下去，我會太習慣和你一起吃早餐，然後我姐會開始懷疑我，接著我媽會不准你再到我家來，那你就會知道是為什麼。』

我送他一聲幹，然後問：「其實你沒有跟小雨告白，對不對？」

『嗯，沒想到簡簡單單的三個字還憋了兩年那麼久，想說一鼓作氣就說了吧就豁出去吧反正失敗了就算了，嬉皮笑臉的說是開玩笑的就好了，反正又不是沒有對女生告白過，而且確實也曾經對女生告白失敗過。但結果當真看到她的臉，卻反而什麼也說不出來，倒是廢話說了一堆。』

「一如往常。」

『是啊，好個一如往常。』

「幹嘛不告白？你長那麼帥又對她那麼好，沒道理她會拒絕，難道她有男朋友了？」

『沒問，根本沒聊到這個，很奇怪，每次看著她的臉，我就是沒有辦法聊起這方面的事，坦白告訴你好了，我和她認識的這兩年來，我們也是什麼都聊了就是沒聊過感情的事情。我有時候甚至會莫名其妙的想，她就算同時劈腿八個人、你也還是會覺得她沒談過戀愛，她就是有那種清純的特質。』

「她同時劈腿八個人？」
『靠北！只是個比喻而已！』
「喔。」
『大概是這麼一回事吧，』很慎重的想了想之後，檸檬說：『她不在身邊的時候，我會像戀人一樣的想著她，可是她一旦就在我眼前的時候，我卻又不由自主的恢復成朋友的姿態，簡直就像是腦子裡有個自動開關的模式那樣，小樵對我而言就是有這一種魔力。真搞不懂，我花了十幾年的時間在愛女生，卻從來沒遇過會讓我這樣的女生。』
「嗯，我大概有一點可以了解的樣子，不過也只是有一點。你現在會不會有一點想要哭？沒關係我不會講出去。」
檸檬沒有送我一聲幹或靠北，他只是背對著我躺在床的另一端沉默了很久，沉默到我都覺得他真的是在哭的時候，他才又繼續說：
『只是大概酒醒了還怎麼的，我就是突然清醒了，知道了。』
「知道什麼？」
『知道她不喜歡我，她對我不是那種喜歡。』
「你沒問哪知道？每個人對於喜歡的表達方式又不一樣。」
『不是我臭屁，不過我還真的被很多女生喜歡過，每一個都是不一樣的方式喜歡我，含蓄的狂野的裝酷的糾纏的年輕的年長的……好多好多，謝啦老公主，把兒子生得這麼有女人緣。』檸檬嘖了一聲，然後又說：『我是說，我知道被喜歡是什麼感覺，我又不是沒被女生喜歡過，但她對我不是那種喜歡，我知道，我就是知道。再說，感情又不能硬給，所以何必為了一個根本就不存在的結果，毀壞了原本單純美好的感情。』

「你好悲觀。」

『不是悲觀是明白，因為我只是學會了珍惜而已。』

最後，檸檬只這麼說，而我們在此之後遵守那一夜的約定，當作什麼都沒有說過發生過。

當作只是一場夢，和夢遊。

檸檬選擇把感情留在那場夢遊裡頭，或許他打從一開始就決定好了只當作是夢一場也不一定，然而，我卻遊出了那場夢、帶著我再真實不過的感情，因為小雨。

回台北的車程是和檸檬兩個人，這沒有問題，我很習慣也太習慣和他單獨兩個人做任何事在任何場所，習慣得完全不避諱也無須在意別人怎麼說，哥倆好，就這麼一回事。但是回學校的車程是和小雨兩個人，這就讓我有點在意了。因為首先，我好像很少和她單獨相處過，儘管我們是那麼頻繁的攪和在一起、出現在彼此的生活裡而且幾乎是每天，可是每次每一次至少都會有檸檬的存在，如果少了檸檬、我和她能聊得上幾句話嗎？我很懷疑。

我覺得我會重新變回以前那個其實很不擅長社交只擅長比拳頭的王致晟，而我不喜歡那樣。

我甚至真的打了電話問檸檬要不要請假來台北玩一趟，回程再一起回去。

『你嘛想太多，小樵跟誰都能聊，她根本連跟狗都能聊好嗎？』

檸檬無視於我的顧慮、在電話裡開開心心的如此說道，接著在一陣檸檬式的囉嗦之後，告訴我那天他和羅誌銘已經準備好了一桌好菜等著我們回到老房子重聚。

那是我們五個人第一次的晚餐，在老房子裡，和夏語樂，我們五個人。

我約她，而她來，因為小雨。

小雨。

小雨在出發前幾天主動打電話給我，在電話裡她為難的說可能不搭我的便車了，因為她同學的父親臨時有事不能載她回學校，所以她決定和她一起搭火車，因為她的行李太多了，得要有人幫忙提才行。

「這簡單，就一起搭我的車吧！」

她好像很為難而且並不願意的樣子，但終究還是答應，她在那天帶著夏語樂出現，從此真正走入我的世界，我的命。

她送給我一份禮物，大禮物。

那是九月十八號，我記得好清楚，根本沒可能忘記，就算是失憶了把自己整個人生都忘記也不可能忘記這一天的那種程度。那是我人生中第一個九月十八號，每一個曾經和愛情交手過的人都會知道我意思。

關於那一天，我記得些什麼呢？我記得她倆並肩站在小雨家樓下等我，而她只是單純的站在那裡，卻因此令那街道美得像是電影畫面，她美得像是女神，她依舊是我心底的那個女神，原本只可遠觀欣賞，如今卻真真實實的站在我的面前。我感覺到昏眩，我真的一度感覺到昏眩。

我記得她的行李很多，真的很多，而當我幫她把行李搬上後車廂時，她很過意不去的為此頻頻道歉；原來她的聲音是這樣，我當下如獲至寶似的心想。那麼美的一個人，卻說著一口那麼可愛的娃娃音，她會可能有缺點嗎？她根本完美無瑕。嘲笑我吧、沒關係，每一個不曾和愛情交手過的人，就儘管嘲笑我吧、我不在意。

「妳其實不必跑這一趟，我可以先去載妳，我們家住得很近，我大概知道妳家住哪裡。」

我脫口而出，並且毫不在意話裡露了餡，我想像若是她接著問起的話，那麼我必定會毫不在意的全盤托出，國中時候的我，國中時候的她，後來的我，現在的她，在心底愛了她好久的我，此刻真的就站在我眼前的她。

可是她沒有，她只是微笑著點頭，然後說謝謝，我猜她大概也知道我，我猜她其實記得我，雖然我寧願她忘記國中時的那個我；我想立刻就問她有沒有男朋友？但我發現我根本不在意她有沒有男朋友。那無損，而我可以等；她，我願意等。我難道不就一直在等嗎？

她沒有我想像中的冷漠，也不似傳言中的高傲，她其實和小雨一樣很客氣也很禮貌，很有教養的一個女孩，並且她其實很健談；她客氣的問我介不介意她和小雨坐在後座？因為小雨說她習慣坐我的車後座，而她想和小雨聊聊天，我想告訴她只要能夠視線裡有她、根本就沒有什麼好介意，我根本沒有多餘的心思想到平時回台北都是小雨坐副駕駛座而羅誌銘獨佔後座，因為他想躺著睡覺，他真是自在。

我說，我只說：「我不介意。」

她和平時大家眼中的夏語樂完全不一樣，我想這大概是因為此刻小雨就在她身邊的原因，『她對我而言就是有這魔力。』當握著方向盤開往南下的方向時，我想起檸檬曾經這麼說過小雨。他說得真對，此刻我完全能夠理解這感覺了。

這魔力。

我沒注意到小雨那天好像比平常安靜。

在那趟車程裡她倆在後座聊得很多，但主要是夏語樂在說、而小雨回應她，我聽見她們聊起這一兩年很話題的歌唱比賽，我忍不住加入她們的話題：

「就去啊，妳唱歌那麼好聽。」我說，然後告訴夏語樂：「每次去ｋｔｖ我們都會點一堆歌給她唱，簡直把她當成點唱機，而且只有她唱歌的時候，我們才會安靜下來聽，而至於檸檬的話，他拿麥克風的時候就是我們輪流去上廁所的時間。」

『那至於羅誌銘的話——』

「他只是去喝酒聽歌當帳單的分母而已。」

她倆開開心心的笑了起來，夏語樂看起來對於檸檬好像並不陌生的樣子，我猜想那大概是小雨也很慣常對她聊起檸檬吧？檸檬其實應該告白的。

「下次我們約唱歌，妳要不要也一起來？」

夏語樂為難的轉頭看著小雨，我以為小雨會接腔約她一起，但結果小雨只是代替她回答：『語樂不喜歡唱歌。』

『我不喜歡我的聲音，雖然我不是故意要講話這樣——』

「我倒是覺得很可愛。」

我說。

對於夏語樂我辦不到像檸檬對小雨那樣退讓那樣隱藏，我只好告訴自己，那是因為他只愛了小雨兩年，而我，卻愛了她好久。

氣氛頓時變得有點僵，我於是把話題帶回小雨，我對她說：

「就唱〈哭了〉這首歌吧，妳唱過啊，妳唱得很好聽。」

『我當然是唱過，因為你每次都會點這首歌要我唱。你好像真的很愛這首歌？』

「是啊，好久以前的歌了，好簡單的歌詞，可是聽了真的會有種想哭的感覺。」

從那張專輯之後，范曉萱好像就不怎麼唱情歌了，覺得好可惜，我小時候很喜歡她，小魔女的她，唱情歌的她。人大概是真的會長大的吧？可是人長大之後就不再需要愛情了嗎？

「想陪你坐著　想聽你說著
想知道我值得　以為我們還愛著
把窗戶都開著　風也是涼的
我一個人唱歌　聲音也變成冷的」

原唱：范曉萱　詞／曲：李泉

今年的初選已經報名截止，所以小雨決定報名下一屆，當檸檬和語樂聽到小雨的這個決定時，他們都顯得很驚訝的樣子。我不明白他們為何驚訝？

那是我們還很快樂的時光，我指的是有語樂的這個我們，我們五個人，以及偶爾的老公主和羅誌銘女友。

羅誌銘約會不接受一整組電燈泡的時候，我們便四個人開車出遊，而羅誌銘帶著女友也同行的時候（也就是小雨口中的圍爐），司機便換成是檸檬開他家的休旅車裝下我們七個人，是的，包含老公主在內的我們七個人；當語樂第一次看到老公主就坐在副駕駛座和檸檬一起等著我們到齊時，她顯得很驚訝的樣子，我想像我第一次看到老公主也和我們一同出遊時，我的表情大概就是她當下的那個樣子：媽媽也和我們大學生一起夜遊去阿里山等日出？這是真的嗎？她確定嗎？

後來她也習慣了，就像以前的我那樣，習慣了雖然是朋友的媽媽、但相處起來卻像個朋友的老公主，也見怪不怪了平時總是笑咪咪的老公主一坐到了副駕駛座時就立刻變臉開始對路上所有的車都看不順眼都感到憤怒得判若兩人；我們還習慣了和老公主一起在車上聽台語歌曲，有時候甚至去唱歌也會點江蕙的歌來唱。

而老公主也和我們一起去唱過幾次歌，不過她不太喜歡ｋｔｖ，她覺得那裡空氣不好也建議我們真想唱歌的時候去她家唱卡拉ＯＫ就好。

是這麼一個魔力的友情，魔力的組合，魔力的改變。

魔力。

我感謝檸檬為了我收回他原本對於語樂的偏見（而且還隱藏得很好，雖然他私下說他還是很不喜歡語樂），我還感謝羅誌銘時不時就起鬨著我對語樂的愛慕太過明顯（雖然語樂總是裝作沒有聽到），我甚至感謝小雨告訴我、其實語樂已經有男朋友了。

關於這一點，我是絕對不會驚訝的，畢竟她是那麼完美的一個女人，她怎麼可能單身？但我驚訝的是，語樂的男朋友，是林世宗；難怪她雖然是有男朋友的狀態，但總是有時間和我們玩在一起。

那是我和小雨難得獨處的時候，在檸檬嬸嬸的茶店裡，當時我們下課後跑去探檸檬的班，那時候我們經常去探檸檬的班，三個人就端著好大一杯的檸檬紅茶站在櫃台的裡面外面聊成一團等他下班（有時候也會幫他收桌子或招呼客人）；就像那時候我總是和小雨還有語樂一起開車回台北，因為羅誌銘打工戀愛課業社團學生會多頭忙，後來連處方箋都是我替他回台北拿的，謝天謝地他雖然還是沒選上學生會會長但已經不再掛在嘴邊靠腰個不停了。

總是三個人，我和小雨和語樂，又或者是我和小雨和檸檬。

總是有小雨。

當時的我，逐漸發現到這一點。

小雨。

那是我大二即將結束的暑假前夕，那一次是在檸檬嬸嬸的店裡，那一天檸檬不知道什麼外務出去了好久，超久；那時候我才發現不知不覺我已經很能夠適應和小雨獨處，而她也是。那時候她以一種懷抱著心事的表情，問我：

『你為什麼總是喊我小雨？』

「這個嘛……我還真沒想過這個問題。怎麼了嗎？」

『沒有啦，只是好奇而已。檸檬叫我小樵，因為小橋流水之類的囉嗦，而語樂叫我樵樵，因為她說和義大利的招呼語的 chiao 很像，她覺得很可愛，所以喜歡這樣喊。』

「那羅誌銘呢？」

想也沒想的、小雨說：

『喂。不過學生會長選舉期間他會喊我溫小姐。夠現實吧？活該選了三年沒選上。』

我笑了起來。

在笑裡小雨開始慢慢的聊起她和他們相識的過程，她和檸檬，她和羅誌銘，她和語樂，她和——

『聽他們說，你從國中的時候就暗戀語樂？』

她突然的問，而我楞住，我以為那一夜是個秘密，我納悶那麼她是不是也知道檸檬暗戀她的事，我——

我突然聽見她說：

『她有男朋友了，她要我告訴你的，她知道你對她的感情。』

「滿明顯的，」我苦笑著承認，然後苦澀的問：「我其實早就猜到了，我有在看她的部落格，只是不曉得是誰？我可以知道嗎？」

『林世宗。』

她小聲的說，而我則驚訝得忘記了呼吸。

「教授？他不是結婚了嗎？」

『他老婆去美國唸博士。』

小雨淡淡的說，然後低下了眼睛，沉默。彷彿這就是所有一切的解釋，彷彿這真的可以是個解釋。

『我勸過她，不過……嗯，她好像很愛他，她一直很愛他。』還是低著眼睛，小雨又問：『如果是這樣的話，你還會願意愛她嗎？』

「愛不是願不願意的問題。」

小雨的嘴角揚起一抹微笑，不太明顯的。

『我明白了。』她輕聲的說，『這些話就當成是秘密只擱在這裡，這張桌子，不可以告訴別人，尤其是檸檬，好嗎？』

「好。」

語樂懷孕了。小雨說。她想要小孩，可是他不要，他要她去拿掉，但他不方便陪她去拿掉，因為他是教授，已婚的教授，名聲那麼好的一個年輕教授，眼光已經遠望著院長職位的教授，前途無量呢；她很傷心，可是她能怎麼辦？她是被不要的人，她和她肚子裡的那個不被接受的生命，說來、這確實也是她強求來的，是她主動招惹的、她能怨誰呢？她就怨自己傻吧，但不就是她自己的選擇嗎？這傻。

她不敢告訴家人，她於是問小雨能不能夠陪她去？

『認識這三年來，她沒求過我什麼事，只除了教授的事，起初就是我帶著她走進教授的聚餐的。別看她好像是個嬌生慣養的任性千金，可是其實她是不求人的個性，她從高中就開始當模特兒開始工作了，她其實個性早就獨立了、世面也見得多了，只是這事、獨立不來。

『她真的很愛他，但她真的愛錯了人，她其實就只是愛錯了人而已，但誰沒錯愛過人呢？年輕的時候不傻、難道老了再傻嗎？若是這麼想的話、其實傻也傻得值得了，值得了青春。她曾經這麼告訴過我，或許她早在愛的最初就做足了心理準備也不一定。她不意外，她只是傷心，傷透心。』

像是在心底演練過千百次、小雨說，然後她突然的問：

『你可以陪她去嗎？』

「妳不——」

『我當然是很願意，但……』深呼吸，小雨別開臉，然後說：『陪她去手術照顧她幾天也沒有問題，只是……』

「只是？」

『只是我想把這些那些做個了結。句點起點，然後，我就沒什麼好後悔的了。』

「什麼後悔？」

小雨沒有回答我什麼後悔，小雨把問題丟回來給我，她問我：

『你愛她不是嗎？』

之二
溫雨樵

我和語樂聊過致晟，他愛得那麼明顯那麼張狂，他根本就不想要遮掩，他恨不得全世界都知道他愛語樂。我們怎麼可能不聊起致晟？

『我很難和別人變成朋友，表裡不一的人我見多了遇多了，那些人不能算是朋友；說來我也只有過妳這麼一個真心朋友，這麼一個願意試著懂我而不偏見我的朋友，所以我們一旦變成朋友，對我而言，那就是一輩子的事了。』

在學校的湖邊，我們兩個人，語樂這麼對我說，或者應該說是：宣誓。

「可是他很愛妳，他從國中時就愛上妳了，他對妳會比較好，比林世宗對妳好。而且他為了妳，變成了現在的這個他。」

當時我想這麼告訴語樂，可是我沒有，本來我就是個很難把愛說出口的人，更何況是這種、這種……

『反正，我不會讓任何人任何事影響我和妳，可能妳最好的朋友是檸檬不是我，但我無所謂，我知道我不像檸檬那麼討人喜歡，而且坦白說，若換成我是妳的話，我也會和檸檬比較好——』

「我——」

語樂搖搖頭打斷我，語樂繼續說：

『我的意思是，我不會接受他，不是因為我愛的人是林世宗，而是因為妳，甚至，只要妳說一聲，我可以對他殘忍，甚至讓他恨我。』

我沒有要求語樂為我這麼做，我甚至有點後悔告訴語樂這個秘密，雖然當時的我們哪知道現在會變成這樣子的我們呢？我只請求語樂繼續為我保持這個秘密，因為——

「我們現在這樣很好很開心，不是嗎？」

『嗯，只是想讓妳知道一下而已。我喜歡把事情說清楚，不習慣心底擺著疙瘩。我願意為了妳做任何事情，因為一輩子好長的，而感情，又好容易就弄丟的。』

我願意為了妳做任何事情。

當語樂告訴我這件事情的時候，我首先想起的就是她對我說的這句話，以及她當下的神情；我讓她倚在我的肩上哭泣，以眼淚釋放她的心傷她的怨懟以及、是的，不甘心；我沉默的看她哭著聽她說著，而我只是在想：不知道倚著致晟那寬厚的肩膀會是什麼感覺呢？那或許，會是我永遠也不可能知道的感覺。

我只知道我的肩膀太小了。

於是我找了致晟見面，我請求他代替我陪語樂去手術，這不是成全不是退讓，而是明白，我明白他愛的不是我，就算沒有語樂，他愛的人也不會是我。我在心底這麼告訴自己，然後，在電話裡，把那天在湖邊沒說出口的話告訴語樂：

「他很愛妳，他從國中時就愛上妳了，他對妳會比較好，比林世宗對妳好，他懂得珍惜。」

然後我掛上電話，然後我以為我會哭泣，或者是試著哭一下，可是結果我沒有，結果我只是一個人走到湖邊，對著湖裡丟石頭，就像每次心情不好時會和檸檬做的事情那樣，只是這一次，我想要自己一個人，不解釋。

不是成全也不是退讓，根本就談不上，他又不愛我，談什麼成全或退讓。

談什麼？

我不意外在手術的不久之後，林世宗的車子在校外被追撞被砸爛，而他本人則被拖下車狠狠教訓了一頓，還破了相；有目擊者指出那是一台很舊的賓士車，還有路口監視器可供佐證，那台車那個人顯然無意遮掩也不在意必須為此付出代價，或許他根本從頭到尾都表明了來意，誰知道？

我們都知道那是誰幹的好事，我們都不意外林世宗在出院之後選擇息事寧人，他說那應該只是行車擦撞衍生的衝突，飛來橫禍罷了，算了沒有關係，人生在世誰沒遇過幾次倒楣事？

我們都沒有聊過這件事情，連檸檬也反常的絕口不提，也從此和林世宗漸行漸遠。

語樂說得真對，感情真的好容易就弄丟。

致晟還是繼續開著他的賓士車招搖，我們還是繼續著這段美好的友誼，下課時在湖邊餵白色天鵝，等大家都到齊了之後，再一起到老房子煮晚餐圍爐，只是漸漸的，致晟不必再載我和語樂回宿舍了，又變回是檸檬回家順道載我、這樣而已。

只是這樣而已。

那是我們第一次也是唯一一次談起他們，我和檸檬。

『沒想到還是被那傢伙追到手了，真是皇天不負苦心人，這樣說對嗎？』

「唸中文系的人是你，隨你怎麼說都行。」

『哈，說得好！跟妳說句實在話好嗎？我覺得夏語樂並沒有很愛他，她只是愛得累了，所以不再拒絕了、選擇被愛了而已。』

「不要亂講啦，致晟長那麼帥又對她那麼好——」

我說，我話還沒說完，檸檬就笑了起來。

「突然的、笑什麼？」

『我笑你們講的話一模一樣。』

「什麼東西？」

『沒事。反正，跟妳打個賭好了，夏語樂會在分手前就開始對他厭倦，因為並不是每一段愛情，都是由相愛開始。』

「你小心我跟致晟告狀你唱衰他。」

『喔，妳不會。』

「你又知？」

『是啊，我就是知道。』檸檬蹺蹺的笑了起來，然後又說：『再說一句實在話如何？妳是不是有點喜歡王致晟的意思？』

還好夜太黑，還好我在檸檬的背後，而他騎著車，看不到我此刻的表情。他一向謹慎。不管是騎車、開車，又或者是其他的所有。

各自沉默了好一會兒之後，檸檬才又痞痞的說：

『不然妳一直不交男朋友是怎樣？難道是在等我嗎？』

「要你管。」

檸檬大笑著說：

『我真的真的很想很喜歡聽妳講這句話耶！要你管要你管要你管！』

「你才有點喜歡我的意思咧。」

『溫雨樵我跟妳講，我不會再被妳這句話打敗了。』

「……」

那你要拿出證據來啊。

往後的我總是會想，會這麼想：如果當時的我，順勢接腔了這句話，那麼後來的一切，是不是就會不一樣了？

而我只是在想。

那是我們最接近愛情的一刻，然後，我們讓它錯過，繼續錯過。不是每一段愛情都是由相愛開始，檸檬說的這句話，其實，我們都懂。

選擇不讓感情不公平的開始，不也是種相對的愛嗎？尤其當對方就是自己最好的朋友時。

那晚的最末，我們繼續坐回湖邊在星空下對著湖水丟石頭等天亮。

『所以，妳最近一副心事重重的樣子，是因為要比賽了所以在緊張嗎？』

「嗯啊。」

『妳會唱哪首歌？』

致晟要我唱的那首。

「哭了。」

『為何？』

因為他讓我鼓起勇氣下定決心，因為他在我心裡不一樣，因為我想為他唱這一首歌，然後，就此將他放下。

「別聊這個了，越聊越緊張。你呢？我們都大四了，只剩一年就要畢業了，羅誌銘好像決定好了在這裡繼續唸研究所和致晟再同居兩年。你呢？你打算要幹嘛？」

『妳還真的相信羅胖那一套？我看這話連他自己聽了也不信。他只是怕被兵變而已。』

我抱著肚子笑了起來：

「你真的很賤耶。」

『妳確定初賽的時間要預先跟我們講喔！我一定要到場去拉大海報給妳加油！』

「不要啦你不要來，我怕到時看著你的臉會笑場。」

『喂！』

「好啦，所以呢？你畢業後要幹嘛？」

『先去當兵啊，看能不能抽到替代役，』檸檬說，檸檬開始一堆關於抽替代役技巧的囉嗦之後，才終於說：『然後開個燒烤店吧？如何？你們吃過我那麼多次烤肉，覺得如何？』

「覺得根本讚透了！」我歡呼著，然後開始計畫了起來：「食材的話林爸可以提供，然後店面的話，林媽完全沒有問題！那資金的話——」

打斷我，檸檬吞吞吐吐的說：

『我又沒說要在這裡開店。』

「那你？」

『台北吧、或許，哎！還那麼久的事，到時再說啦！』

「喔。」

『反正妳，先加油啦！要不要叫我媽先帶妳去拜拜祈願，她說有間廟很靈，妳真的要信！』

檸檬式的囉嗦，呵。

歌唱比賽。

當我還沒走進比賽會場的時候，我就已經想要打道回府了，或許就請他們吃個麻辣鍋，然後當這一切從來沒有發生過。

我好緊張。人好多、因為，放眼望去淨是黑鴉鴉的人頭，不明就裡的人大概會以為這是某個巨星的演唱會現場也不無可能，雖然從某一方面來說，這確實是個演唱會現場沒錯，只是差別在於，這演唱會沒有主角，因為每個前來的人都希望自己能夠成為那主角。

我好緊張，我覺得胃好痛，我想回家了。若不是檸檬他們堅持全員到齊當親友團的話，我想我應該會真的就這麼直接回家了吧。

『溫雨樵我跟妳講喔，妳等一下敢落跑的話，我是會去妳家放火的喔！』在等待上場的時候，檸檬像是看穿了我的意圖，如此警告著。

『好了啦！你這樣講只會讓她更緊張而已好不好？』

羅誌銘說，而致晟則不管他倆，對著我說：

『覺得緊張的話就閉上眼睛唱歌好了，反正這麼多的人又這麼少時間，每個人根本就沒有一首歌的機會，所以妳只管把聲音唱出來就好，而且其實也沒什麼人在看誰。這樣想妳會不會比較不緊張？』

對。

「好。」

『要不要補一點口紅？』語樂則是這麼問著，我注意到她順勢鬆開了致晟一直緊握著她的手為我補口紅，『拍張照片好嗎？我要放無名，這超有紀念價值的！』

合照。

我們兩個人，我們五個人。

我們後來看節目播出才知道原來台北有超過一萬人報名，而總報名人數則多達兩萬六千多人，我沒想到自己竟能從這人海中被看見被聽見被挑選進百人初選，我感謝在上場前夕致晟告訴我的：覺得緊張的話就閉上眼睛唱歌好了。

當時下場之後側錄時，我就是這麼告訴鏡頭的，我沒想到那一段畫面會被剪輯播出，我慶幸當時有語樂替我打點外表，而她真的很擅長這個。

語樂堅持替我開個無名好記錄從參賽的最初到最後這所有一切的點點滴滴，她堅持我不只會進入百人海選而且往後還會進入十強站上舞台，我不知道她哪來的信心，我以為她那時候只是沉迷寫無名小站而已。

語樂那時候很沉迷寫無名，語樂入選過無名正妹，從那之後她便開始以模特兒的身分分享美妝保養、穿著打扮或者分享生活美食旅遊之類的文章，她寫得很勤也很有成就感，因為迴響很大，訂閱的人很多，這後來甚至成為了她的主業；往後回想，其實她自從結束了和教授的感情之後，就不怎麼再接模特兒的通告了。

她想證明自己不是只有外表，她想改變了，她也確實慢慢的改變。

我們都覺得她是在證明著什麼，只是我們都沒提起她是在向誰證明著什麼。

因為致晟是我們的好朋友。

我那時候沒有注意到她和致晟的感情也慢慢在變。

百人初選之後，緊接而來的是為期兩個月的試鏡，在那兩個月的時間裡，我們的關係好像變回從前，她還沒和致晟交往的那個從前；那段時間每一次試鏡有時候他們會全員到齊陪我有時候不會，但語樂則是每一次都堅持陪著我回台北試鏡，那時候語樂幾乎都和我待在一起，而至於致晟則是繼續和檸檬混在一起，在老房子裡當羅誌銘的大電燈泡。

我聽檸檬說過他們之間好像出了點問題，但我沒問過語樂，也沒想過要問，儘管我們是那麼的如影隨形、在那一段時間裡；而語樂也不說，仔細回想，她其實自始至終都沒提過她和致晟的事，我以為她只是顧忌著我而刻意不說，我沒想過他們的感情他們的未來早被檸檬一語道破，我怎麼可能認為有人會不愛致晟？

我沒想過放下寫來簡單但做來好難。
我慶幸還好我有比賽。

比賽。
我一直就閉著眼睛唱歌，因為我發現比起那些黑鴉鴉的人潮，攝影機和那幾位好嚴肅的評審更教我緊張，這一點也曾經被那位我從小看著她節目長大的主持人開過玩笑，而當時我不知道該怎麼回應怎麼回答，我於是就傻傻的微笑；我其實一直就覺得我不適合這裡不適合站上舞台，我以為我會這麼直到被淘汰，往後變成觀眾口中『那個閉著眼睛唱歌的女生是在哪一場被淘汰的啊？』而會這麼說這麼記住我的人大概也不會超過一百個。
那天錄影結束之後在後台要離開時我被喊住，本來我以為那個人是想喊住語樂為的是想問她要不要進演藝圈？有沒有經紀人？或者就直接是有沒有男朋友？但是結果並不是，結果那個人視線筆直地注意著我，他問我：待會有事嗎？聊一聊好嗎？
羅毓良，這他名字，我記得他是海選的評審之一，但後來進棚錄影比賽之後便沒再見過他的身影出現在評審桌後面，他後來告訴我，那是因為他不喜歡在螢光幕前曝光，雖然他一開始是以歌手的身分出道，而他現在是音樂製作人，寫過好多好多的流行歌曲，也負責過很多大有名氣的電影、電視配樂，而這些所有的一切都只需要名字曝光就好，甚至絕大多數的人根本不會想到從那些字幕裡去找名字看。

他是我曾經夢見過的那個人，夢裡飛機上的那個中年男子；我當時並沒有想到這一點，直到此時此刻我們對坐在無名咖啡館時，我才像是開關被打開那般、突然想起。我不知道可不可以告訴他，我怕他會覺得我很奇怪，因為我自己也覺得滿奇怪。

我聽著他說：

『突然約妳喝咖啡，希望不會被當成什麼奇怪的大叔，或者是演藝圈的什麼黑暗角落。妳剛才很希望妳朋友陪妳一起來對吧？』

我尷尬的笑笑。

『放心好了，妳太年輕了，而我又太老了，我都能生妳了，我是說如果我趕進度的話；』話說到此，他停頓下來專心的看著我笑，然後才又繼續說：『而且我也沒有那方面的奇怪傾向，不過其他人的話我就不保證了，不過我這裡指的是妳那個朋友。』

我還是笑。

『很不錯，很能開玩笑，而且不會小心眼，』他說，然後問：『妳今年才大四對吧？』

「嗯，這個夏天就畢業了。」

『說話很好聽啊，口音也漂亮。為什麼每次被訪問的時候都只傻笑或者說謝謝？』

「緊張，」我據實以告：「我很容易緊張，我其實滿驚訝居然還沒被淘汰的。」

『就快了，如果妳再繼續閉著眼睛唱歌或者訪問時光顧著傻笑的話，』他扮了個鬼臉，說：『我和他們很熟，評審、主持人、製作人，別看他們現在都大牌了走路有風了，我們可是從新人一起走出演藝圈的黑暗角落的。』

我不知道該怎麼反應才恰當，我於是尷尬的傻笑，而他開始說，他耐心的說著：

『從海選的時候我就注意到妳了，妳唱歌很好聽，這是當然的，基本的必要，否則怎麼可能脫穎而出？我們是選秀節目不是選美節目。』

「是因為我閉著眼睛唱歌嗎？」

『不止，當然不止是這個，閉著眼睛唱歌的人又不只妳一個，大家都很緊張，而這一招又不是只有妳才想得到。』

不是我想到的。我想說。我聽見他說：

『是因為妳很特別。知道嗎？妳在舞台上唱歌時很有魅力的，是那種雖然臉孔陌生但是會讓觀眾停下來看的那種魅力，可是一唱完歌之後，妳又整個人變成路人了，而且還是立刻就變成路人了，這反差很有趣。』

「……」

『妳的歌聲很有感情，我指的是會讓人聽著聽著就想起曾經在心底待過的某個人。連傷心的情歌被妳唱來都聽得舒服了，好像算了吧、就是很傷心啊不然怎麼辦、這樣。妳談過很多戀愛嗎？』

「沒有。」我小聲的說。「就一次，高中的時候。」

『怎麼分手的？』他問，然後才說：『方便問嗎？』

沒什麼不方便的。我笑了起來：

「因為我當時最好的朋友不是很喜歡他，」我扮了個鬼臉：「沒有啦，因為他追我追得很勤，而且我也不討厭他所以就開始交往了，我們的問題是，除了彼此相愛之外，其他都不適合，喜歡去的地方不一樣，喜歡吃的東西不一樣，連喜歡聊的話題都不一樣，這類的。」

『那妳唱歌怎麼會那麼有感情？好像真的是對著某個人在唱情歌似的。不要跟我說是妳媽生給妳的。』

我據實以告：

「因為我喜歡一個男生喜歡了好久，我總是在心底想著他唱歌。」

這話他想了想，然後說：

『但是他不愛妳？』

「有沒有這麼直接的？都不用考慮對方的心情嗎？」

『妳滿可愛的嘛。』他笑了起來，開開心心的：『如果我年輕個二十歲的話，或許我就會追妳，算了吧騙誰啊！如果我真的年輕了二十歲的話，我還是會去追妳那個朋友，她超辣的。』

「什麼嘛。」

『反正，我滿難相信會有男生不喜歡妳的。』

「喜歡又不是愛，」我脫口而出，然後被自己嚇了一跳，或許是尷尬夠了或許是這裡的氛圍讓人很放鬆，「我根本就很平凡，平凡的外表平凡的個性，根本就可以直接說是沒個性。跟你講，如果我是男生的話，我也不會追我自己。」

他笑了起來，溫溫的。

『可能是因為妳朋友的關係，在那麼豔光四射的人身邊，沒有足夠姿色的人都會顯得平凡，不過我不是在暗示妳換個朋友，而是想告訴妳，妳其實很特別，妳們的美是不一樣的，她很容易就可捉住別人的目光，而其實妳也是，差別只在於：她知道這件事情，而妳還不知道。』

「……」

『喔，還有個最關鍵的差別，』像是突然想到什麼似的，他說：『妳很有觀眾緣，妳很容易就會讓別人喜歡上妳，喜歡聽妳唱歌，想看妳繼續留在比賽裡，甚至是很激動的替妳加油打氣，這不會是只有我這麼認為而已。不過妳真的別再閉著眼睛唱歌了，一開始可能會覺得很可愛很有特色，但久了會膩，實際上他們已經開始膩了。』

「……」

『這樣吧，把這杯咖啡喝完，然後我帶妳去挑一支喜歡的筆，就當作是我送妳。妳待會沒事吧？』

我說我沒事，然後我問他什麼喜歡的筆？

『去挑一支妳喜歡的筆，然後我會替妳拿著筆，每當覺得緊張的時候就看著我手中的筆唱歌好了。』

我鼓起勇氣問：

「你對每個參賽者都這麼好嗎？」

『妳當我時間多嗎？還是我家開筆店？』

我臉上大概有個什麼表情讓他笑了起來，他笑著說：

『大概是這樣解釋吧，因為海選時我特別注意到妳而且也投了妳一票，更是因為喜歡和天分一樣，是沒有答案的事情，所以也不必問為什麼；唱歌是妳的天分，而被人喜歡也是，妳就算到時拿不到第一名，總也會是最佳觀眾獎。妳就是有這個魔力，而妳是時候知道這件事情了。』

「謝謝你……」

『嗯？』

「謝謝你對我這麼好。」

『不用客氣，或許我只是潛意識裡希望當年我還是新人時，有人可以告訴我這些罷了。』他笑著說：『相信我，妳會先在大學畢業而不是這裡，妳會留下來，妳會被記住。』

那是我們相識的起點，這亦師亦友的緣分，這，我生命中的貴人。

後來真正成為朋友的時候，我告訴過羅毓良我曾經夢見過他的事情，當時他的反應是聳聳肩膀，然後說了句：『可能真的是緣分吧。』不過他後來卻又說，他其實並不相信緣分這件事。

他不相信緣分，但他的確每場比賽都在場，有時候站在攝影師的後面，有時候站在製作人的旁邊；我開始看著他手中的筆唱歌，我開始在舞台上感到自在，因為我找到了安定的力量。他給了我力量。

我們總是約在無名咖啡館見面，因為他說這是他的情緒轉移空間，他特別喜歡那個沉重的木頭大門，像是真的能夠把世界關在外面的感覺。

我當時還不能夠明白他這句話的意思，直到那一天，致晟在我眼前像個孩子一樣的掉眼淚。

第五章　愛得像是場夢遊

如果你還想聽的話，
我在。

之一
王致晟

那是小雨人生起飛的一年。

本來我們只是覺得小雨唱歌好聽所以慫恿她參加比賽（多少是懷抱著看熱鬧的心情），但沒想到站上舞台的小雨唱起歌來變得那麼有魅力那麼有感情好像完全變了個人似的，我們都一致認為那一定是因為她談戀愛了而且對象毫不懷疑就是那個經常約她喝咖啡的大叔（檸檬說他記得這人是當初海選時的評審），對此小雨總是非常篤定的回答並沒有，他們只是投緣只是朋友好朋友，亦師亦友的忘年之交而已，正因為誰也沒想和誰談戀愛，所以更能夠自在的聊開來並且聊得來，他們之間乾乾淨淨純白無瑕到可以由專業認證（假設真有這種專業機構的話）；不過小雨也承認，他真的幫了她很多，指導她很多，改變她很多，他是她生命中的貴人，大貴人。

一樣的小雨，不一樣的小雨。

那一陣子語樂為她經營的無名、訪客人數以倍數暴量增加，看著那麼多根本就不認識她但是卻很喜歡她的人評論她討論她支持她的感覺很怪，好像她已經是大家眼中的那個小雨但其實她卻還是我們認識的那一個小雨；那一陣子學校裡好多人慕名而來請她簽名要求合照，而小雨總是微笑著答應，就是連走在校園裡被旁人指指點點竊竊私語時也不會在意，那個小雨彷彿變成過去學校裡原先大家眼中的語樂但卻是完全不一樣的語樂也受到完全不同的對待，於是我們才知道，原來變成校園名人、也可以是雖然麻煩但卻不被討厭的一件好事；那一陣子檸檬好像有點失落的樣子（雖然我很想直接說是失戀，但是他說那顯然我們對於失戀的定義不同），不過當小雨穩穩的唱進前二十強時，我們還是開開心心的在老房子裡為小雨開慶功宴。

接下來是十八強，那一集的主題是我的主打歌，每個人都意外小雨選了〈白月光〉這一首歌，並不算是非常廣為人知的流行歌曲，曲調甚至一個不小心會唱得太過平淡，若不是有足夠唱功的人，大概會很難駕馭的一首歌。

然而，小雨卻選了這麼一首歌。

「是羅毓良的建議、其實，」她在比賽之後笑著說，「我本來也不知道這一首歌，而且也沒想好要選哪一首歌，然後羅毓良就問我聽過〈白月光〉沒有？然後我聽了就決定要唱這首，就算因此落敗了也沒有所謂，是這種程度的喜歡。反正我本來從一開始就不認為我會贏得比賽，我沒有覺得我非贏不可，我只想好好唱歌，唱自己喜歡的歌。我想好了畢業之後可能會去當幼稚園老師。」

「白月光　照天涯的兩端　在心上　卻不在身旁

擦不乾　你當時的淚光　路太長　追不回原諒
你是我　不能言說的傷　想遺忘　又忍不住回想
像流亡　一路跌跌撞撞　你的綑綁　無法釋放」
原唱／張信哲　詞／李焯雄　曲／松本俊明

結果小雨順利晉級，繼續留在舞台上，歌唱。

那一陣子小雨還經常回台北參加比賽，而我們也總是儘可能的全員到齊到場應援；那一陣子雖然他們畢業進入倒數、每個人對於未來開始有了不同的規畫，但我們還是經常聚在一起，盡量不去想離別之後的我們。

那一陣子我們還是五個人。

可是在那一陣子裡，我開始漸漸感覺到語樂對於我的疏遠。

那一陣子語樂已經不太接拍照的通告，每次回台北也總是陪小雨參加比賽或者回家，而且她開始不是每一次都會和我一起回學校，雖然她說那是因為課表不同的關係，他們課變鬆了，他們快畢業了；那一陣子語樂開始沉迷於部落客的這個身分，她漸漸的把主要的時間花費在寫無名網誌，網誌的訪客人數極多，她甚至還上過好幾次奇摩首頁，雖然隨著小雨一次次的出賽，人數很快就被超越，但是對於這點她毫不介意、甚至引以為榮，她很享受以小編的身分在小雨的無名發文並且和網友互動，她在網路上好像變了另一個人，變得比較自在，變得好像現實生活中的、我們眼中的小雨，她會親切的回答網友的問題、無論是她的讀者或者小雨的支持者，她甚至認識了好幾個志同道合的部落客。她以前在當模特兒的時候從來不跟同業的人變成朋友、甚至往來互動的。

『若不是遇見小雨和你們，我大概會以為我有自閉症。』

語樂曾經告訴我、她最初當模特兒的原因，語樂也告訴過我、她後來不當模特兒的原因，但語樂從不告訴我、她那時為何又當起模特兒？或許是因為林世宗這三個字在我們之間依舊是個敏感話題。

我不知道語樂是不是還愛著他？也沒想過要問，不敢問，我知道語樂那一陣子並沒有和別的男生搞曖昧甚至互動，她那一陣子的生活好像就只剩下網路和小雨的比賽，但我不知道那一陣子的語樂是不是還愛著我？

我不知道語樂有沒有愛過我。

『很多感情到最後會只剩下感恩。』

羅誌銘曾經這麼意有所指的說過。

那是我人生中最難過的一年。

語樂在那年夏天對我提出分手，而原因，她說是距離。

我感謝她想了這麼婉轉的理由，我不知道這個理由她想了多久？我只知道她其實已經決定了好久，我有好多的問題想要問她，可是我一個問題也問不出口，不是害怕問了會哭會傷心會痛苦，我反而寧願在她面前大哭一場，如果我真在她面前痛快的大哭一場，那麼她會不會願意因此心軟因此回心轉意因此改變決定因此再延長我們相愛的期限？

可是結果我沒有，結果我想起語樂在我面前唯一哭過的一次，那一次。

「是因為他嗎？」

我說不出口林世宗這三個字，還是說不出口，但其實我何必要說出口？因為光是這個代名詞，語樂便已經足夠理解。

『不是，當然不是。』像是在耐心勸著鬧脾氣的小孩那般，語樂輕輕柔柔的說著：『我早就不愛他了，跟你在一起之後，不，甚至是……』

「決定手術的時候。」

我代替她說，她說不出口的字眼，我代替她說。她還是說不出口那個被留在過往的傷痛，但她還是說了分手。她有沒有愛過我？一萬次的感動，也比不上一次的心動，是嗎？不是嗎？

『我還是很謝謝你的，我一直就很謝謝你的，每當想起你的時候，往後想起你的時候，而你一定要知道這件事，因為在我最不好的時候，陪在我身邊的人是你，你那麼耐心，又那麼溫柔，你對我那麼好。我知道是你打了他，我知道你是想要替我證明、我沒有那麼好欺負；可是其實如果不是你，我確實就是個不知道該怎麼反擊的人沒錯，一直以來都是這樣子，一直以來。

『和你在一起的時候很快樂，和你們在一起好快樂，如果不是因為遇見你們，如果不是因為你們接受我、讓我走進那間老房子、讓我變成你們的一分子，我也不會變成現在的這個我，你有發現嗎？我現在比較喜歡我自己了，不是因為寫網誌的關係、不是你以為的那樣，我知道我變了很多，但那是因為你們給了我好強大的安全感，讓我知道我是屬於某個地方、某個群體的，而那是我從來沒有過的感覺。而我很喜歡那種感覺。』

語樂說，但她接著卻說：『如果你不想要再看到我、如果你要我退出你們的世界，我也是知道的，應該的。』

「我怎麼可能這樣對妳。」

『嘿，晟晟，』語樂溫柔的凝望著我，微笑著說：『我們還是快樂過的。』

可是妳不要我了。

妳不要我了。

不要我了。

不要了。

不要。

我。

『我知道你想問但問不出口，沒有，沒有第三者。』

沒有第三者，沒問題，妳只是不愛我了而已，或許應該說是，妳只是不愛我而已。有差嗎？差在哪？

『這話說起來好幼稚，可是我很認真，因為這是我想到唯一能為你做到的事情：如果你不要我交男朋友的話，我可以為你這麼做，你可以給我一個期限，好嗎？』

我感激妳願意為了我這麼做，可是我想要的又不是這個，我想要的是妳愛我，我想要的是妳願意繼續讓我愛著妳。我想要的只是這樣而已，可是這個，妳不想再給了，不是嗎？

『晟晟？』

「沒事。」我說，我不知道為什麼結果我說的是這個：「下星期小雨就要資格決定賽了？一起去嗎？」

『晟晟……』

「沒關係，我知道，我不是今天才知道，不是妳說了之後才知道，不過我們還可以是朋友？我們還是快樂過的，就像妳剛才說的。」

『是啊，』語樂鬆了口氣似的說：『我們還是快樂過的。』

我們還是快樂過的。多麼自我安慰又自欺欺人。

我們還是繼續維持著朋友的關係，我們約定好了不再兩個人單獨見面，但是依舊會一起去幫小雨加油，或者共同聚餐，只是語樂不再去我們的老房子，也是，她都已經畢業了、還回去幹嘛？她或許從一開始就根本不應該在那裡，那裡有傷過她最深的人，而那是她最不願想起的人，可是她現在，放下了，走過了。

可是我沒有，當我們碰面聚在一起的時候，我還是會忍不住摸摸她的臉、牽著她的手走，我知道這樣不對這樣不好，可是我一時改不了，可是我根本就不想要改，我還是那麼愛她、想愛她，我幹嘛改？我怎麼改？

我還是時常打電話給她，我還是經常好想她，有時候語樂會接我電話陪我聊一下，但若是沒有接到的時候，她不會再特地回我電話，然後漸漸的，她再也不接我的電話了；我真希望她乾脆換個新的號碼別告訴我了，因為我不知道該怎麼阻止自己想打她電話想聽她聲音想她想念她。

語樂知道，她當然知道，她有時候會不著痕跡的撥開我的手，她漸漸會刻意站在檸檬或者羅誌銘的身邊，她好像沒有對他們說我們分手的事情，而我也是，雖然這不管是在檸檬或者是我的定義裡，都結結實實徹徹底底的算是失戀了沒錯，可是我說不出口，這麼痛的話、有誰能夠說得出口？

我覺得他們有感覺到了、察覺到了，可是他們沒有問，也不刻意提，好像這本來就在他們的預料裡，好像只要是朋友就自然會知道什麼該說什麼別問。

朋友。

那個夏天的盛暑小雨以第五名的成績比賽結束，被某家唱片公司簽下經紀約，在等待發唱片的同時、接起各地商演的活動，那個冬天檸檬則是去了花蓮監獄當替代役，他很確實很詳細的告訴過我、為何他要選擇那麼遠的地方去當替代役，可是我聽過就忘了，我那時候腦子裡裝不下任何東西、只除了挽回挽回挽回，可是在那個冬天過後，語樂不再出現我們的聚會裡，她知道我想挽回，我知道她要我心死，我知道知道都知道，我只是不知道該怎麼辦到而已。

我怎麼可能辦得到？

就這麼，我們重新變回三個人，檸檬休假回家的時候，我和羅誌銘三個人在老房裡替他接風煮晚餐，檸檬休假沒回家時，我們和小雨在台北預約好時間見面，只不過通常是前者，我知道他還是時常打電話給小雨，我知道他並不是每一次去找小雨都會約我一起，我無所謂，我變得沒那麼經常回台北了，因為沒有語樂了。

沒有了。

接著是隔年春天，媽媽被診斷癌末，接著在那一年之後，他們四個人一起陪我在媽媽的守靈夜裡。

『哥，你記不記得我跟你講過一個媽在麻將間的癌末賭徒的笑話？』

那天弟弟打電話給我，劈頭就這麼問我，既沒有尋常的『你這星期會回家嗎？』或者『家裡有你的掛號信』……這一類的家常話，我起初以為是他怎麼了，我於是小心翼翼的問他：

「記得啊，怎麼了？」

可是他沉默，他短暫的沉默之後，接著才開始說起這陣子以來長長的經過：

媽好一陣子沒去麻將間了，他和爸都有注意到這個轉變，只是他們都以為那可能是因為媽在麻將間和誰吵架了所以賭氣不去的關係，但其實我們都知道，媽的個性是不太和人吵架的，她可能不算是討喜的個性，但她是不和人吵架的；可能是因為他們各自都太忙了，可能是因為這麼多年來我們早就已經不習慣和媽說話、也習慣了她的不存在，所以誰也沒有問她一句：妳怎麼了？

直到那一天他有事沒去研究室，下午回家後才發現媽怎麼一直在房間裡睡覺？才終於帶了媽媽去看醫生，才知道她前一陣子一直頭很痛而且還嘔吐。

『我想告那家醫院那個醫生，因為他說媽只是腸胃炎感冒然後媽有高血壓，還很好心的要我們記得每天提醒她吃降血壓的藥。』

情緒終於滲進了弟弟的聲音裡，他深呼吸著說。

在那之後媽的情況時好時壞，好的時候她又回去打麻將，這讓他們很不是滋味，雖然明知道她就是這樣子的人這一種個性，但還是很難釋懷，彷彿他們花了時間傷了精神為的就是讓她好能繼續去打麻將；於是他們重新忙回自己的生活、只除了定時帶她去回診拿藥，於是他們忽略了媽在壞的時候又變回一直在房間裡睡覺。

『直到前天媽在浴室裡跌倒，她爬不起來，自己沒辦法爬起來，不知道過了多久、等到爸回家才發現她，爸這次帶她去台大住院檢查，才知道原來是腦癌，第四期了。』

我腦子一片空白，我知道癌症知道新聞常在講知道有人會開玩笑說這年頭沒得癌症比得癌症還困難——

可是我媽？

「第四期是什麼意思？」

『就是癌末了。那天醫生說了很多但我們一個字也聽不進去，然後這兩天我查了一大堆關於癌症的資料，你想知道什麼、我大概都可以告訴你了，很好笑，兩天前我連良性腫瘤和惡性腫瘤的差別都講不出來，但今天我可以很簡單的告訴你惡性腫瘤就叫作癌症，而且那四期該怎麼判定，跟你講，我這兩天查資料查到連我都想嘔吐了。』

「我——」

重新又恢復了話語裡的鎮定，弟弟打斷我，像是已經在心底排練過幾多次那樣、他條理分明的說：

『已經排定了明天手術，不過你也不必特地趕回來，因為家屬也只是在開刀房外等，所以我也跟爸說了他不必特地請假，我會第一時間打電話告訴他的。

『如果手術成功的話，大概還得住三天加護病房看術後恢復的狀況如何，如果恢復良好的話，還得住一陣子醫院，所以你就算立刻趕回台北也沒有什麼實質上的幫助，你還是等到週末再回來也不遲，到時媽應該已經轉普通病房了，我是說如果一切順利的話。

『我們有請全天候的看護，不過我們還是會輪流去照顧她，而且往後若是做化療什麼的還是得有人帶她去醫院，好像是每天都要去的樣子。不過當然這一切的前提都是手術成功的話，腦部手術很危險的，醫生說機率一半一半，所以我說你不必立刻趕回來是這意思，反正不管結果是好是壞，她都會一直等我們了，所以你先把你可以的時間告訴我就是了。』

「我星期五就回去。」

我說。結果，我只說得出這一句話。

『好，我再跟爸說。你知道怎麼樣嗎？媽算是身材中上的人吧？可是爸說那天他抱媽坐上車去台大時，她瘦了好多，瘦得他甚至不費力氣就能抱起，而且在車上的時候，他一直看著後照鏡納悶：媽真的在車上嗎？怎麼感覺後座好像沒有人呢？然後我覺得——算了，我也不知道我在說什麼想說什麼，星期五見，我會在家裡等你，再一起去醫院看她。』

「嗯。」

『哥，你知道怎樣嗎？我本來一直以為她哪天生病了、我根本會連理也不理她，就隨便她去死好了，可是現在她真的生病了，我才……』

「我知道。」

『親眼看著她那麼病痛，原來心裡還是會捨不得，畢竟再怎麼樣，她還是媽媽。』

最後，弟弟這麼說。

媽媽的手術成功，正如弟弟所言，她住了三天的加護病房，然後轉入普通病房，一個月之後順利出院但不是康復，在那一個月的時間裡，她麻將間的朋友好多人去探望她，他們看起來都很高興媽媽手術順利，他們看起來都不習慣在麻將間之外看到彼此；接著一週五次的放療以及接下來的化療之後，漸漸的，就只剩下我們了，媽媽的情況和手術前一樣，時好時壞，好的時候她比主要負責接送她上醫院的我們看來精神還好，可是壞的時候……

唯一不同的是，她不再上麻將間了。

也不願意再一次進開刀房。

『都做了兩次手術了，這一年來每三個月的複診也只沒事過一次，一直在移轉……反正都末期了，再開一次刀也只是拖，而且還不見得手術成功。』當媽媽再一次進醫院時，她這麼告訴陪在病床旁邊的我，『只是覺得很對不起你們，每天上醫院好浪費時間啊，一個早上的時間就這樣沒了，小時候我沒這樣照顧過你們，真難為你們現在願意這樣照顧我，也沒跟你們說過一聲謝謝，其實每一次都很想說，只是怪彆扭的，就一直說不出口……』

「媽——」

『尤其是你弟弟……』

她說，她別開臉說：

『反正，我活著的時候就只在打麻將，所以，死了也沒什麼好可惜的，可能了不起、就你們三個人多少為我哭一下吧。還好是我嫁給了你爸，生了你們兩個兒子，若不是因為有你們，我這輩子還真算是白活了。

『坦白說吧，我很怕死，誰不怕死？但比起來我也不至於要賴活著麻煩你們，反正都是好不了的病了，再多手術化療吃藥也只是活受罪，認了就是。只是聽看護說到時候會很痛，連大小便都失禁，還痛到沒力氣喊了，想到還是會覺得很害怕；若是我昏迷了神智不清了，你們要記得替我跟醫生說多開點強效的嗎啡，我很怕痛，其實懷了你弟的時候我想拿掉是這樣，太痛了，我不喜歡，但幸虧是沒白痛。他是個好兒子，你也是。』

轉過頭，媽媽看著我，仔仔細細的看著我，才說：

『那至於身後事的話，就別麻煩了，連火化也不必了，直接把我捐大體吧。我這個人這輩子也沒做過什麼好事，最後就讓我做這一件好了，反正再不積德的話也沒機會了。也別掛心什麼祭拜吧、我又不信那一套，但若你爸堅持的話，就隨他吧，反正那種事本來就是為了活的人，所以他決定怎麼做就依他了吧。晟晟？』

「嗯？」

『你很介意弟弟像爸爸而你像我對不對？』

「……」

『別聽你奶奶亂講，你們都比較像你爸，而你弟弟甚至還有點像你奶奶。她走的時候一直喃喃唸著她媽媽，只有這一點我是信的：在人即將離世的時候，已故的親人會來領路。可能我走的時候，會是她來接我吧。只希望到時候，她別再氣我了。』

「或許到時候是阿龐來接妳。」

媽媽無力的笑笑，然後說：

『對不起，我不是個好媽媽。』

最後，她只這麼說。

我不知道她有沒有跟他們說過這些話，我很懷疑她會跟他們說這些話。

她其實沒有什麼可以說上心底話的人，連最親的人也是。

在放棄治療的不久之後媽媽陷入昏迷沒再出院，當媽媽再一次病危的時候、我們低下眼睛簽下放棄治療的同意書，然後媽媽轉入安寧病房，然後，完成她最後的願望、自然的病死，不爭也不痛了。

那是我離他們最遠的時候。從弟弟打來那通電話之後，我又變回每個週末回家陪媽媽，還因此又重新開始了每個星期日早上到教堂做禮拜，我其實並沒有宗教信仰，只不過幼稚園和國小讀的是天主教學校，我連聖經都沒有一本，但是在那一陣子裡，不知怎的、我重新想起十字架：心情惡劣的時候，我就一個人走進教堂裡待一會，等待亂糟糟的心情平復，再開始禱告；我為媽媽禱告，也為爸爸和弟弟禱告，還為他們禱告，只是，我沒有什麼心情再去和他們碰面，因為他們在我的記憶在我的潛意識裡是屬於快樂的那一面，我不想把這麼麻木的自己擺在他們眼前，讓他們或是安慰或是同情或者強顏歡笑說著：沒事啦，我和我媽又不熟。

於是我才知道，原來人在最難過的時候，會把所愛的人給推得好遠、只除了必要的人。

家人。

想來知道這件事情的人大概就只是羅誌銘吧，而、那還是因為我們同住一個屋簷下的關係，他當時問我為何又開始每週末回台北？我回答他因為我媽生病了，他再問生什麼病呢？我說癌症末期，腦癌。這，就是當時我們對話的全部了。

在那將近一年半的時間裡，我沒接過他們任何一個人的電話，沒有那個心情；我好像又變回了從前的那個我自己，可是這一次，我不在乎了；就算是在老房子裡，也不經常見到羅誌銘，因為我通常都把自己關在房間裡；然後媽媽過世，然後爸爸為她舉行了頭七，然後那一天，他們四個人一起出現在我的面前。

「你們怎麼?」

『問你弟的。』

檸檬說,然後帶著他們一起放了奠儀,然後帶著他們一起上香致意,然後不問一句就這麼沉默著陪我度過第一個守靈夜。

我不太記得當我抬頭看到語樂和他們一同出現在我眼前時,我當下的心情是什麼?我當時腦子麻麻的,誦經的音樂聽得我頭昏昏脹脹,但我記得隔天檸檬和羅誌銘留下來又陪了我一天一夜,接著檸檬收假,而羅誌銘則說他可以再待一天,我搖搖頭,只比了個電話的手勢,然後他們無聲的拍拍我肩膀,不放心的離開。

接著當天晚上,小雨隻身出現。

她再一次上香,然後無聲的坐在原先弟弟的位子上摺起紙蓮花;昨天她還要檸檬教她好幾次怎麼摺紙蓮花可是她一直記不住一直摺錯,但今天她卻已經熟練。像是對著手中的紙蓮花說話似的,她開始說:

『我剛剛和你弟去吃晚餐,你們長得好像,不等我問你們是不是雙胞胎、他就先說了你們差兩歲,而且小時候他被你欺負得很慘,你總是害他受傷,玩打火機燒過他的頭髮,故意激怒流浪狗還跑給狗追、結果狗咬了跑最慢的他,喔,還有,害他掉過兩次指甲。』

「一次腳趾甲,一次手指甲,腳趾甲是家裡的門,手指甲是小學的鐵門。」

『呵，你也記得？王媽媽很漂亮，不過你們長得都像爸爸，很高大，很帥氣。』

我重新恢復沉默，但小雨好像並不介意，或許她真的只是對著紙蓮花說話而已。

『他說他去年有看我比賽，不過支持的是另外一個女生，還問我能不能給他電話，然後我就說啦：當然是不行啊！』

「呵。」

『我明天可以再來嗎？他說你自願負責大夜班，因為你不想白天接待來上香致意的客人，他說你都一個人守夜，我有點放心不下你……』

「……」

『我最近沒有通告，所以完全有空！我其實沒有你們以為的忙，都是臭檸檬亂講！』

我以為我會接著說可以啊，或者是不用啦，或者是謝謝……我可以接的話很多，但不曉得為什麼，我卻接著說起了狗。

我曾經有過一隻狗，在我國三那年，名字叫阿龐，英國鬥牛犬，是別人不要而媽媽接過來養的狗，大概是因為我那時候開始變壞，她以為給我找個寵物養就能把我導入正途吧。結果我雖然並沒有因此走回正途但卻狠狠的愛上那隻狗，唯一的差別大概就是我開始會每天回家吧，我每天都得看到牠，我很愛牠，真的，牠長了一張流氓臉、可是卻很會撒嬌，經常扭著圓滾滾的屁股搖著短短的尾巴示好，阿龐人見人愛的好人緣、除了郵差之外，牠很愛欺負郵差，真是不知道為什麼。

牠圓圓的身體很像豬，牠害我從此不再吃豬肉；牠放屁很臭又很常放屁，而且睡覺還會打響呼，說來牠很像我和我弟的小孩，我負責給牠煮飯洗澡，然後我弟帶牠散步看醫生，牠根本就被我們寵壞了，牠根本就看不出來是一隻被棄養了兩次的狗，雖然牠被帶來我家的第一天，一臉老子心情不好根本就不想理我們的跩樣。我很常對牠說話，任何話，好像牠真的是個人真的聽得懂一樣。

「牠走的時候六歲半吧、大概，因為也不確定牠來的時候是幾歲，是我即將要去唸大學的那年夏天，我記得好清楚，因為那時候很考慮要帶牠一起的，不過我弟不同意，他說阿龐不准離開他的視線，想想也是，因為其實主要照顧阿龐的人是他。可是結果阿龐卻還是走了，好突然，前一天還偷跑進廚房吃廚餘呢、可是隔天就走了，櫃子裡還有一抽屜牠的狗肉條呢，而且還沒拆封準備冬天要給牠睡的新床……」

『牠怎麼了？』

「心臟病。醫生說應該有一陣子了，或許牠本來就有心臟病，所以才被棄養了兩次，只是我們沒被告知這件事，也沒想過要帶牠去檢查，我們買了那麼多東西討牠歡心，帶牠去那麼多地方玩，為什麼就從來沒想過要帶牠去健康檢查？

「不知道，醫生說了很多，但我只記得這三個字，我記得牠陪了我們五年，我記得這五年來的每一天我們沒有一天缺席牠的生活，牠當了五年的狗大爺，後來，我們也只能這樣安慰自己。

「我記得我陪著牠在獸醫院裡等弟弟過來，我記得當弟弟趕到的時候、牠才終於像是撐夠了如願了似的吐出最後一口氣，然後我為牠闔上牠那圓圓大大的雙眼，然後弟弟跟我說，他趕到之後就一直在摸著阿龐跟牠說話，要牠回家別再跳上沙發睡覺了、因為醫生說牠的心臟不允許了什麼什麼的時候，他耳邊突然響起一陣誦經的音樂、沒來由的突然響起一陣誦經的音樂，然後他看著自己的臉映在阿龐的瞳孔裡，然後阿龐吐出了最後一口氣在他臉上，就這樣走了，牠等到了，圓滿了。」

小雨的手按上我的，而我的眼睛冒出淚水。

「其實媽媽說錯了，她是做過好事的，她忍受我的變壞，忍受爸爸的缺席，也忍受弟弟對她的不諒解，她還把阿龐帶來我們的生命裡，而不是流落街頭或是變成收容所裡的一串號碼，對阿龐而言，她是天使，阿龐走了之後，我們三個人還一起去火化場為牠送行，那大概是我們母子三個人唯一一次一起出門的畫面吧，我記得我當時還摟著她的肩膀，因為她哭得好傷心。可是我卻沒有告訴她這些，當她說她不是個好媽媽的時候，我只是沉默的把臉轉開，我……」

我開始哭了起來，不再只是對著紙蓮花落淚，而是嚎啕大哭，抱著小雨瘦弱的肩膀，我失態的哭泣。

之二
溫雨樵

那眼淚彷彿是場私人的雨，讓致晟和我的關係重新緊密相連，不再像是以前總是透過檸檬聯繫見面、又或者是只關係著語樂。

他開始會打電話給我，於是我才知道，原來他已經好一陣子沒有開口說過話了：自從他畢業搬回台北之後，或者應該說是、自從他媽媽第二次進開刀房之後。

『其實還是有的，只不過都是和家人或醫生護士，而且說的那些話雖然都是很事務性的交代，但想來卻都是些寧願忘掉寧願不需要說的話。』

「例如什麼？」

『喔，妳不會想知道的。』

然後我笑了出來：

「你以前也跟我說過這句話。」

『是嗎？什麼時候？什麼情形？』

我詳細的告訴他，而他沉默了一會兒之後，尷尬的說：

『一時間還真想不起來了呢，忘掉的事情好多，嚴重到我有時候連話都沒辦法好好講，還是那種很簡單的日常對話而已，例如：你晚餐會回家吃嗎？是這樣子簡單的話都說得舌頭打結。』

「沒關係，慢慢來，會好的。」

『或許我真該去看個醫生，我弟說我滿應該去看個醫生的。』

「怎麼了？」

『吃不下，睡不著，胡思亂想，這些都還好，最煩的是會一直重複想起那些根本就想乾脆忘掉的畫面：腫脹的臉，醫院的走廊，藥劑的味道，病床下的尿袋、要注意八分滿就得倒掉——算了，我不想再講了。』

「要陪你去嗎？看醫生。」

『我想一想好了。』

結果致晟還是沒有去看醫生，他反而要我陪他去買手機。

有別於上一通電話的消沉，他這次聲音聽來顯得神采奕奕，好像突然發生了什麼好事情並且正為此十分快樂著，然而什麼事情也沒有發生，並且這兩通電話中間只隔了一天不到的時間。

『我想去買支智慧型手機，最近終於出門了，才看到路上街上店裡大家都在低著頭滑啊滑，本來以為要當兵了所以一直沒換，但現在……』他突然換了話題：『嘿！羅誌銘是不是畢業了？我也好久沒跟他聯絡了，不知道他有沒有回台北拿藥。』

「拿什麼藥？」

他說溜嘴，他不想講，他頓時又陷入沉默，感覺像是正在生自己的氣；沒辦法，我只好開始報告羅誌銘的近況：順利畢業了，但還繼續住在老房子裡，只不過致晟搬走之後、他的同居人變成是女朋友這樣。

「他有考上學校的職員，在他們系上當助教，雖然暑假還是學務處的工讀生，不過開學後就要正式回系上當助教了。」

『他也不用當兵？』

我注意到致晟話裡的也這個字說得很輕，輕得像是幾乎希望這個字並不存在一樣。

「扁平足。」我解釋，「還打算工作存錢，等明年學妹畢業後就結婚。我們說好了這陣子不打擾你，就等你覺得可以的時候再打電話給我們。所以你如果打個電話給他的話，他一定會很高興的！」

『嗯，或許我該打電話給他，或許我根本就可以直接回學校去找他，突然怪懷念那老房子的！浴缸的磁磚好小，每次都要拿著牙刷刷好久……』

然而致晟最後還是沒有打電話給羅誌銘，也沒有回老房子去找他，他還是整天待在家裡；我不知道他沒有事情做整天待在家裡幹嘛？不知道他是不是還在胡思亂想？有沒有努力讓自己走出來？

他經常 WhatsApp 給我，任何時候，任何突然想到的話，還有，大量的照片，舊照片，他的，我們的，還有他那隻心愛的狗。

「原來這就是英國鬥牛犬？」我驚訝的告訴他：「我們家附近的早午餐店就有隻店狗長這樣啊！不過有可能因為我不懂狗，所以以為這種狗都長一樣而已啦。」

但他不管，他太興奮了，他問我此刻人在哪？我說我正在回家的路上，然後當我回到家樓下的時候，他已經等在那裡了，他等著我帶他去看那隻狗。

『真的好像。』他興奮的說著，他一直摸著這隻狗，但這狗一直躺著睡覺不理他，『我弟在那之後看過好多英鬥想要再養一隻，可是都找不到像阿龐的狗，但這隻、真的好像！連這種只顧著睡覺的個性都一模一樣！我一定要跟我弟講！』

直到我們離開的時候，狗還是維持著原來的姿勢躺著睡覺，連動也沒動過。

在那之後，致晟開始會跑來找我（雖然主要為的是看那隻狗），他總是一通電話劈頭就問：『妳現在在哪？』然後不管我在哪，回家時總是會發現他人不是正在我家樓下抽菸空等，就是在早餐店的騎樓裡摸那隻狗。

於是我開始變得除了工作之外就是都只待在家裡，若不是有重要的事情相談、連無名咖啡館我都盡量少去了，我不知道我幹什麼要這樣？我只是告訴自己、反正我本來就是不太喜歡往外跑的個性；漸漸的我發現每次出門或者回家的時候，我的眼神會不由自主的先搜尋有沒有致晟的身影？我開始只在那家早午餐店吃早餐，雖然我們已經很常在那早午餐店吃下午茶了、每當致晟來找我的時候。

我不知道我們這樣的關係算是什麼？我只知道我變得好快樂，每天醒來睡去都變成是種期待的那種快樂。

明天變成是種期待，因為致晟。

『嘿！妳男朋友會不會有一天終於忍不住把我的狗偷走啊？』

有一次，我和店老闆在附近的便利商店巧遇時，他忍不住這麼開著我玩笑；而我很驚訝的發現我沒有更正他，我只是笑著回答他：

「不會啦，不然我把他家地址告訴你好了。」

『呵，開玩笑的啦，妳唱歌很好聽，要繼續加油啊！』

要繼續加油啊。每個人都這麼告訴我，接著他們都會問：那，妳什麼時候發專輯呢？

「還在籌備中。」

我保持著微笑告訴他以及每一個這麼問的人這官方答案，於是我才知道，原來同樣的一句話重複講久了，慢慢的會連自己也不相信了。

「反正，我很喜歡我現在的生活，」我告訴羅毓良，在無名咖啡館裡，當他開玩笑告訴我、再不見面就要通緝我的時候，「不一定要有自己的歌，反正我又不一定會喜歡我自己的歌；只要是唱著我喜歡的歌，尤其是校園演唱會，我好喜歡接校園演唱會，學生們好熱情又好單純，每次結束之後都會把合照上傳到我的專頁，我還是學生的時候都沒他們那麼可愛呢。」

『傻孩子，』羅毓良嘆了一口氣說，不過他說的不是這件事，他說的是致晟，『如果妳是我女兒的話，我一定會立刻把妳送出國隔離，隨便哪個國家，反正只要離這傢伙越遠越好！』

「幹嘛要這樣。」

『因為傻到我看不下去啊，』他問：『所以，他是妳男朋友？妳是他女朋友？』

「我現階段只是想陪著他恢復而已，他這兩年過得很辛苦……」

傻孩子。羅毓良又重複了一次：

『反正還好妳不是我女兒，而我也沒有女兒，我只有一個兒子和我那離婚的妻子一起住美國，小時候我工作忙沒陪過他幾次，離婚後她就改嫁到了美國生活，而現在我只能從前妻的無名看我兒子已經長成什麼樣子。』

「嘿——」

『別，別急著安慰我，妳個性就是這麼好，我很感謝，不過我正要說，還好是現在有了ｆｂ，我這大叔託了兒子的福也趕流行去辦了一個，他昨天加我好友了！』然後他滑開手機讓我看他兒子的ｆｂ。

「滿帥的啊，如果我年輕個十歲的話就追他！」

『幹嘛偷我的話講？』

「呵。」

『反正，多出來走走探望我老人家，望夫崖好看不好演，而且沒記錯的話，好像是悲劇收場？』

「無聊耶你。」

羅毓良說我傻，而語樂則以為我只是工作忙，她甚至顧忌會打擾到我工作、連電話都不怎麼打，通常我們都在ｆｂ的即時通互傳訊息，她有個粉絲專頁、和無名時期一樣，人氣高漲，但她還有個不公開的私人專頁，我有時候會檢查後者有沒有更新；她ｆｂ的好友人數少少的，幾乎也同樣都是知名部落客，她把每天的生活都詳詳細細的記錄在ｆｂ裡，每天都會有人tag她一起去吃了什麼買了什麼玩了什麼鬧了什麼，每篇貼文都好熱烈的聊著，她在好多地方打卡，她看起來過得比從前開心很多，她身邊的朋友換了一批，從我們換成她們。

她以前告訴過我、她是很難交朋友的個性。

她把自己過好了，她變得自信多了。

在那少少的好友名單裡，我只認得一個名字：林世宗。我沒問過她這件事。

她告訴我、最近有個傢伙追她追得很勤，而她，有點心動。

她還在網路那端 key in 訊息，而我立刻打電話給她。

『不是妳以為的那個人啦。』

她劈頭就呵呵笑著說。

「我還以為、因為他在妳的好友名單裡……」

『我就知道妳會這麼想。』

她自信的說。

『還好我們早就結束了，否則真不知道該怎麼標示感情狀態呢，好啦我知道我是有點太沉迷ｆｂ了！跟妳講，我前一陣子還好迷開心農場呢，我都種花，漂亮的花。』

「相當夏語樂的風格，我第一次去逛花市買花還是因為陪妳去的呢。」

『是啊，我記得。』

是她搜尋林世宗並且主動加他好友的，她說，她還記著他、因為確實他曾經在她的生命裡非常重要過，但她已經不愛他了，她搜尋他是想測試自己的反應，而她加他好友，則是為了讓他知道、他錯過的是什麼。他差點毀掉的是什麼。

『不聊那些討厭的事了，』語樂爽快的下了這結論，然後把話題帶回：『是廠商，大我五歲，不過長了一副老成的外表，終於讓我碰到同類了！呵。』

我們邊聊著、我邊檢查著（是的檢查）那男生的ｆｂ，確實是個滿成熟穩重的人，確實他放了好多和語樂一起的合照，照片裡他們看起來還是朋友的樣子，照片裡他看起來卻已經徹底為她傾心。他看起來是個善於照顧人的人。

我聽見語樂說：

『我這次感情空窗了好久，但我還沒打算接受他，因為這兩年想得比較多看得比較清楚，我上一次啊，接受得太快了。』

接受得太快。

『晟晟還好嗎？你們還有聯絡嗎？』

「他好多了，情緒終於穩定下來了，也開始面試找工作了，總算是振作起來了。」

我說，但接下來的話卡在喉頭，我發現我沒辦法對語樂說。他們畢竟交往過。我想告訴語樂，致晟昨天突然提議約我上象山看夜景，他說好久沒去了，他說突然好懷念，激動到覺得非得立刻就去不可！於是他開車來接我，於是我們去了象山，而這一次，只有我們兩個人。就著象山的夜景，我們聊了從前聊了好多，我們難得沒聊到檸檬。

我告訴他、我很高興看到他振作起來、走出來，還鼓起勇氣告訴他、其實這畫面，我夢想了好久，在這裡，只和他。

然後他沉默的凝望著山底下的萬家燈光，然後我慌了，我有點想哭又覺得好像應該先道歉，抱歉我無意破壞我們的友情，抱歉我只是——

然後他轉頭，然後他吻我，然後他抱我。

倚在致晟寬厚的胸膛裡，抬頭，我看著夜空，我看見快速移動的月亮，我很納悶月亮是如此快速移動的嗎？我想問致晟，但我沒開口問，我不想破壞此刻這份寧靜的美好。

美好。

——否則真不知該怎麼標示感情狀態呢！

或許是因為我沒有語樂那麼沉迷ｆｂ，所以我從來沒有想過這個問題，而致晟也是，他的ｆｂ還是沒有更改感情狀態、或許是因為他和我一樣，致晟把ｆｂ當成取代ｍｓｎ的通訊工具，而我則是因為粉絲網頁於是不得不申請了個帳號；我們並不怎麼更改自己的動態，在那個吻之前、在那個吻之後，都是。

我們都是沉默的ｆｂ使用者。

可是那個項鍊例外。

我經常聽致晟說起他上教堂做禮拜的事情，有回興致一來、便要他也帶我去體驗。

『妳確定？一般人會覺得滿無聊的，不過告解室倒是滿有趣的，只是我都沒有去告解過而已，我怕我一走進去就出不來了，要告解的事情太多了、因為。』他笑著說：『而且妳出現的話，我們教友大概會搶著和妳合照要簽名。』

我再一次告訴他、我並沒有他們以為的那麼紅，不認識我的人比認識我的人還多，多很多。

『好吧，那下週日我們一起去，我去載妳。』然後，他開玩笑的說：『若是誠心禱告的話，連鼻塞都會通喔。』

「你很白爛耶。」

『誰教妳睡覺時會有鼻鼾，我都得禱告才能睡得著。』

「亂講！」

『放心，我不會講出去的。』

「喂！」

『呵，好啦，妳沒有，是我有，好嗎？』

「本來就是。」

教堂，禮拜。

確實就如致晟所說，滿無聊的，神父讀經，大家一起唱聖歌，然後全體禱告，在走出教堂的時候，致晟問我：

『感覺如何？』

「嗯，教堂滿漂亮的。」

『呵，就知道，檸檬也是這樣講，他那次還拗我請客吃飯。』

致晟說，然後他帶我去買了條白Ｋ金的項鍊，十字架項鍊，細細的項鍊得要好近才看得見，而小小的十字架則因為光澤度而顯得耀眼，十字架項鍊像是單獨存在於我的鎖骨之間，我覺得好漂亮。

「好漂亮！」

『信仰不勉強，不過這項鍊妳戴起來真的很漂亮！』

「我會一直戴著，連洗澡都不拿下來！」

我說。而致晟幫我和項鍊拍了張照片，我很喜歡那張照片，於是把照片換成了ｆｂ的大頭貼，我沒想過為什麼致晟拍的不是我們合照？也沒想過為什麼我不這麼要求他。

在那張大頭貼更換的不久之後，檸檬打了電話給我：

『真難得妳換了萬年不動的大頭貼照片，所以立刻就驚動到閒閒替代役我。這週末一起吃個飯好嗎？』

「白爛，」我說，「你是不是就要退伍了？」

『是啊，下星期就退伍了。幹嘛？妳在掐著手指頭算我的時間喔？』

「白爛。我本來就沒怎麼在用ｆｂ啊，連帳號都是我弟幫我申請的，而且那張照片也不是我自己換的……」我說，然後抱怨：「而且、你才忙咧！我是不是很久沒有看到你了？」

『是啊！大概有八輩子那麼久囉。』

「最好是啦。」

檸檬先是一陣大笑，然後才開始說著因為反正就要退伍了，所以這一兩個月的休假他幾乎都是待在花蓮和同事到處遊玩，畢竟之後退伍了回家了，要再故地重遊大概機率也少了吧。

『老公主還說她是直到這兩個月才開始有兒子去當兵了的感覺咧，呿～』

「實不相瞞，我也是。」

『喂！』

檸檬抗議著，然後繼續囉嗦著：

『不過退伍之後還會繼續待半個月左右騎機車遊花東再回家吧！聽說台東也很美！所以乾脆就趁這機會一次玩個夠好了！不然之後開始工作的話大概也沒什麼時間跑這麼遠一趟了，更別提到時候真的開燒烤店更走不開！我已經開始在煩惱若是真開店的話一個月要休幾天假了，店休太少不甘心，店休太多又心痛把鈔票擋在門外，哎～老闆也是不好當的。』

「想太多。」

『好啦。』

已經和同梯退伍的替代役約好了。檸檬繼續說著。他也是中部人，但不同的是他是在花蓮唸大學，所以這次的機車花東旅就由他當領隊，因為他也說往後大概也沒什麼機會再來了，太遠了、畢竟。

「搭飛機的話倒是很快。」

我說，然後檸檬就笑了起來：

『是啊，起飛時我打開一罐可樂喝，然後可樂還沒喝完，飛機就要降落了。我也才搭過那麼一次說過那麼一回，而妳居然還記得！』

「那當然！你當時講得那麼生動！」

『哈哈！好說！不過我倒是跟妳說這一堆幹嘛？我本來是要跟妳講什麼？』

「你這最後一次的休假、週末要來台北找我吃飯。」

『喔，對！』檸檬嘖了一聲，『每次一跟妳講話就這樣子停不下來，什麼東西都說了出來，但重點卻又忘了。』又嘖了一聲，『反正啊，我就是突然想到好久沒有看到妳了，那乾脆就趁這最後一次的休假去找妳好了。有沒空啊、大忙人？』

「對你的話是永遠有空。」我笑著說，然後問：「要約致晟嗎？」

『喔，』檸檬先是楞了一下，然後才遲疑的說：『好呀。』

「那我再跟他說。」

『嗯。』還是一陣遲疑，『他好點了嗎？那一陣子他電話不接也不回，我很擔心他，可是後來時間久了也就忘了，說來真是不應該，因為他那時候看起來真的很不好。我最後一次看到他好像就是在……嗯。』

「他好多了，你有空可以再試著打電話給他！最近也開始在爸爸的朋友開的建設公司上班，不過工作時間很長，而且休假很少，他說有點不想做了，可是又是認識的叔叔所以有點不知道該怎麼開口才好……」

我難得囉嗦了這一堆，但結果檸檬卻只回了聲：『嗯。』然後難得簡短的說：『妳再告訴我幾點約哪。』

「好。」

好。我說，而致晟也是，可是到了約定的那一天，他卻臨時說他公司有事走不開，然而對此檸檬好像一點也不驚訝的樣子：

『他本來就說他今天應該是趕不過來啦，他們公司最近比較忙。』

「致晟有打電話給你？」

『是啊，跟妳講完電話的隔天就打來啦，要不是跟妳聊太晚的話，他搞不好當晚就打來了。你們兩個人、效率可真夠好的！』

檸檬若無其事的說，而我則是心臟漏跳了一拍。他告訴檸檬我們的事情了？

「致晟跟你說了什麼嗎？」

『很多啊，說到我手機都發燙了他還不掛電話，早知道就不跟他網內了，不過現在這也沒辦法當藉口了，line很方便。』檸檬開開心心的笑了好一會之後，才又接著說：『而且妳形容得也太含蓄了，什麼他好多了，那傢伙根本就是整個人大復活！還要我今天晚上就去住他家好了！說什麼下班太晚開車太遠要我自己搭捷運過去，呸！』檸檬開開心心的說著，然後胡亂開起玩笑來：『哎～老屁股了果真有差，他以前都專車接送我的。』

他沒告訴檸檬嗎？

我試著這麼問：

「你們還說了些什麼嗎？」

『就說了等我玩夠回家之後要在老房子替我接風啊，然後他大概真的很愛我吧，一聽到我要暢遊花東就吵著也要跟，說什麼聽說台東的星空美到此生該去它一次還鬼扯什麼是個 sign。對了、他那工作不做了，就做到下星期吧、好像。公子哥就是公子哥，沒意外的話，我猜他八成會開著車來接我退伍然後賴著一起遊花東最後再專車送我回家，接著又繼續賴在老房子裡重新當羅誌銘的大電燈泡。不知道是不是我想太多了，不過我覺得他好像會想要跟我合開燒烤店，他確實跟我提議過而我覺得好像也可行。』

「喔。」

『怎麼了嗎？』

「沒有啦，只是他還沒告訴我這些。」

『喔。』

我下意識的撫摸著鎖骨間細細的十字架項鍊，而檸檬就這麼看著我好一陣子之後，才說：

『很漂亮的項鍊，很適合妳。我是不是在哪裡看過？』

「可能是我那張大頭照吧。」

是致晟送我的項鍊，幫我拍的照片，之後還幫我上傳更換的。我想說，但我沒說。為什麼我突然沒了把握說？

接受得太快。我想起語樂這麼說過她和他。我為什麼突然想起？

『ｆｂ這東西真的很可怕，我不過按了妳那張大頭貼一個讚，然後所有的連結都來了，本來我就只有妳和羅誌銘的ｆｂ，妳是沒什麼動態的、不過羅誌銘就不一樣了，閃光得很，我想我到下輩子都不會忘記他女朋友長什麼模樣以及他們去了哪吃了啥，跟妳說，我都已經想好我的退伍禮物了，就是墨鏡一副！我都快被閃瞎了我。』

「呵。」

『反正因此我就收到了語樂的交友邀請，我其實一直有在妳的好友名單看到她，但就是一直沒興趣加她好友，可是那天我還是按了接受，因為想想也不好意思，我其實那麼討厭她、而且私底下還真是說了她不少壞話，但她好像真的把我當好朋友。她變了好多，看起來快樂多了，雖然還是熱愛猛放自拍照這一點我依舊很受不了。』

「她好像有男朋友了。」

『是啊，感覺得出來。有個男的一直tag她，放他們的合照，看來是快追到手了。』

「你覺得那男的如何？」

『很愛她，很沉穩，會照顧她，比較適合她。』

「比起誰？」

『我知道妳在想什麼，我也有在她的好友名單看到林世宗。』

「呵，原來大家都在fb前各自同時大驚訝。」

『是大驚訝還是大八卦？』

「呵。」

fb這東西真的很可怕，檸檬又重複了一次。

『不過他們好像沒有互動，真不知道雙方沒有互動那是加好友幹嘛？雖然我懷疑他們應該也不會再私訊就是了，他畢竟那麼混帳過，而她也為此痛苦過，事過境遷還假裝可以是朋友就太噁心了。不過我猜是語樂加他的。』

「嗯。」

『看著致晟和她在fb上互動感覺還滿奇怪的，我記得那陣子致晟很不好過，他一直想挽回她，好像就是從語樂甩了他之後，那傢伙的人生一直就越走越低潮。』

我臉上的表情大概洩漏了什麼驚動了什麼，我看著檸檬很快的說：

『就是很一般的互動啦，很朋友的那種，羅誌銘也是啊，也會在她動態上回應……』

就這麼，他們幾個人又在ｆｂ上繼續圍爐了。她加檸檬好友，然後羅誌銘看到就加她好友，接著本來比我還沉默的致晟也現身了，還開了個社團就叫作圍爐幫，沒三兩天時間社團就被上傳了一堆我們的舊照片，真沒想到原來我們那幾年去過那麼多地方拍過那麼多照片啊！

檸檬繼續說著：

『不過妳好像還沒按加入，妳要不要現在就滑一下手機？我一向不是很介意對方眼中沒有我的存在。』

我尷尬的笑笑。我猜檸檬是不是發現了我剛才一直聽得心不在焉？

『接著他們開始好熱鬧的討論起我的接風聚會，地點的話當然是老房子，語樂說她很樂意為此特別南下一趟，真是感動她那麼看得起我！我發誓我真的不會再說她壞話了！』

「呵。」

『時間的話因為妳比較忙所以主要是看妳下個月哪天。』

「好。」

結果，我只說得出這一個字，好。

致晟為什麼都沒有告訴我這一些？他為什麼沒有告訴他們關於我們的事？他還在意著語樂嗎？他愛我嗎？他說過他愛我嗎？是的他說過，千真萬確的他說過，前言後語，眼神語氣，每分每秒我都記得那麼清楚，清楚得彷彿早已烙在眼底腦裡但卻還時常反覆溫習著。我們是千真萬確的愛著交往著，但為什麼——

回過神來，檸檬正在說：

『妳記不記得以前我們出去玩的時候羅誌銘分析過拍照看個性？他說我就算是拍糊掉的照片也不會刪掉，因為糊掉的照片也是一種紀念，跟妳講，在社團裡大家看的最樂的照片就是我上傳的那些糊掉的照片！

『而妳則是立刻會刪除拍壞掉的照片，而且真的是立刻！看得我都想送妳一盒記憶卡了，不過我想妳應該不是那方面的考量吧，只是單純不喜歡多餘的東西吧？語樂的話則是一直拍自己的照片，不過我得承認她真的很會自拍，連我們大合照都幾乎是靠著她自拍，而致晟則是一直在幫我們拍照片，不管是獨照或合照，反正要拍照的話相機拿給司機就是了，他自己反而不太愛拍照，而至於羅誌銘則是默默地站在旁邊觀察這一切。』

我想說些什麼，可是我現在腦子僵僵的想不出來該適時說些什麼，我只是試著微笑了一下，不過好像不太成功。

『妳記得那家咖啡店嗎？可以一邊看著淡海一邊喝咖啡的那家，那一年我突然跑去找妳、而妳帶我去的那家。』

「記得。」

『是啊，當然妳是記得，其實妳都記得，甚至有時候我會懷疑，其實妳也都是知道的。我知道他們是怎麼開始的，致晟和語樂，是妳幫了一把、在最關鍵的時候，致晟告訴過我。我那時候是很佩服妳的，真的，打從心底佩服妳，因為換作我是妳的話，我是絕對辦不到的。你們交往多久了？』

檸檬突然的把話題轉掉把問題丟出，而我看著他，我楞住，好一會兒之後，才淡淡的說：

「我喜歡他很久了。」

『他其實什麼都告訴我的、致晟，在他媽媽生病之前、在我去花蓮之前，可是唯獨這件事情，他沒說，他是可以說的，而妳也是；我可以理解為什麼他不說，我只是有點傷心你們都不對我說，我一直以為我們是無話不談的朋友，好朋友，但其實我現在才有點發現，我們還是有些話，可能還是很重要的話、說了或許就會改變一切或者失去一切的話，並沒有對對方說。說起來我自己不就是嗎？只是我怎麼都沒想到，有一天，被隱瞞的人，會是我。那是致晟送妳的項鍊，對不對？那個十字架項鍊？』

話題悶了，而氣氛也是，轉頭，檸檬把視線轉向窗外，他語氣淡淡的說：
『所以，你們怎麼都不更改感情狀態呢？或者乾脆就直接告訴我們呢？』
我無語。我也想知道為什麼。

第六章　不要失去我

世界上最悲涼也最無奈的一句話：
不要失去我。

王致晟

檸檬沒有來找我，他只是傳了簡訊給我，說是家裡突然有事得搭夜車回去一趟，而且他突然很想再搭一次飛機去花蓮，然後試著在那短短的飛行時間裡把一罐可樂好好的喝完。

我不知道他這話什麼意思，我打了好幾次電話給他，可是他沒接也沒回，後來手機甚至更乾脆的就關機，就像前一陣子我的人生過不去的時候那樣；我不知道這和小雨有沒有關係？我猜小雨大概會在見面的時候讓他知道我們的事，她有什麼理由要對他隱瞞呢？知道他喜歡小雨的人是我又不是她。

我們的事。

小雨並沒有告訴語樂我們的事，因為她曾經說過她覺得那樣很奇怪，畢竟我們曾經交往過，可是她和檸檬不一樣，檸檬是她最好的朋友，也，是我最重要的朋友，而，這不就是我今晚故意缺席的原因嗎？

我不知道該怎麼面對，我乾脆就選擇了逃避，雖然，確實我是應該先告訴他的，在第一時間，在今天之前，在……隨便。

——但結果當真看到她的臉，卻反而什麼也說不出來。
——她對我不是那種喜歡，我知道，我就是知道。再說，感情又不能硬給。
——不是悲觀是明白，因為我只是學會了珍惜而已。

接著我打了電話給小雨，她有接起，但卻說時間很晚了她準備要睡了因為隔天要早起，然後我們就互道晚安掛了電話，她沒有說什麼，而我也是。

隔天我傳了簡訊問檸檬：結果有在飛機上把可樂喝完嗎？接著不久之後，他回了電話給我，可是卻從頭到尾沒有說一句話，我不知道他人在哪裡？正在做著什麼事情？有沒有正和誰在一起？只聽到背景音樂有首歌正在唱著，是hebe最近發行的第一張個人專輯，是專輯裡〈我對不起我〉這首歌曲。

「愛偷走我什麼 沒損失更失落　愛不能傷害我 是福氣還是禍
我沒膽量犯錯 才把一切錯過 你沒能留住我 卻對不起我」
詞／林夕　曲／王小愚

我把整首歌曲好好的聽完，然後就這麼掛了電話，我不知道該再說些什麼才好，畢竟再怎麼說聽起來都像是辯解。我覺得好像全部都是我的錯。

都是我的錯？

我們再一次見面是在檸檬的退伍聚會上，我和檸檬，我和小雨，我們。地點是老房子，作東的人是羅誌銘，而這次，我們五個人都到齊了。

打電話給我的人是羅誌銘，他劈頭就問道怎麼了大家最近在fb上好沉默，連聚會這種事都要一個一個打電話約了，都什麼時代了怎麼會這樣？我說我不知道，那日期那時間我可以，我說我會去，我想問他是檸檬還是小雨要他打電話給我的？可是結果我問不出口，結果我問的是：

「你最近怎樣？」

老樣子啊，羅誌銘嘆了口氣說。努力工作用力存錢，可是搞什麼錢一直都賺不夠，什麼都要錢，什麼都一直變貴，當大人真可憐。

『很好笑，我從大學就開始打工，畢業後也接著就工作，連一天都沒浪費，可是我卻還是買不起一輛車，更別提一間房。她媽媽希望我們有車有房之後再結婚，所以明年看來還是炸不到你們。』

「不然我的車送你好了，如果你不嫌棄它又老又舊的話。」

『我有沒有聽錯？它狀況還不錯耶、如果我沒記錯的話。』

「沒有，你沒聽錯，沒有，你沒記錯。反正我回台北了，搭捷運比較方便。」

反正我開不起也養不起它了。我一直在找工作一直在換工作，我不明白為什麼現在的工作都這麼爛，時間長得不合法、薪水低得不合理，準時下班是不應該的事情，可是刷了下班卡再回去上班卻是種公開的默契，為什麼大家都不覺得這樣是不對的事情？而且擺明了我公司營收還是很不錯但我就是只肯給你這麼多只要給你這麼多因為現在都只給這麼多。是不是一直以來就這樣？

我在心裡囉嗦了這一堆，然後只這麼告訴他：

「而且你在那邊的確有台車比較方便，我聚會那天順便開過去給你好了。」

羅誌銘開心得說謝謝，很謝謝，接著開始很事務的說著過戶的事就交給他辦好了，然後他很堅持必須給我一筆費用，我說不必了，那麼老舊的車了，賣了也不值幾個錢，但是他很堅持，而我懶得跟他堅持來堅持去，最後便說了一句：那天見。然後我就掛了電話。

我想假裝沒聽到最後他電話裡說的：而且你最近工作也很不順利。

可是我辦不到，那句話一直嗡嗡嗡的黏住我耳膜。

嗡嗡嗡。

小雨的工作很順利，她還是沒有發專輯，可是前一陣子她錄了一首歌，歌被搭在偶像劇的片尾曲，隨著偶像劇的收視率越來越高、歌也越來越紅，而她也是，雖然她還是經常堅持：她沒有很紅，也沒有很忙，不認識她的人比認識她的人還多。

我覺得我們的距離好像越來越遠，我有時候難免會覺得我根本就配不上她，她事業的順遂比對出我人生的停格，我有時候甚至會因此不想面對她，假裝沒有看到她的來電，故意不立刻回她的訊息，我知道這樣不對，會讓她不安，但我暫時還控制不了自己的情緒。

她那麼美好而我如此瑕疵，她到底愛我什麼？

她其實一直就是不怎麼接電話的個性，她說她的筆電根本就當桌上電腦用，而她的手機則像是室內電話，可是她一直會主動打電話給我，可是她最近開始不這麼做了、在那天她和檸檬見面之後；我們還是沒有談過檸檬的事、我們的事，我不知道該怎麼辦，我覺得好煩，所有的一切都令我厭煩。

我不知道我幹嘛要活著這麼累？

嗡嗡嗡。

掛了和羅誌銘的電話之後，我 line 給她聚會的事，她 line 回我、她那天南部有表演，所以她會自己過去，我回了個貼圖但不知道該回個什麼，我想起我們剛交往的那一陣子、台北以外的商演我都會陪她去，可是這一次她沒邀而我也沒問，或許是因為我開始覺得「反正我很閒」這句話說得連自己都神經敏感了，經常把這句話掛在嘴邊的人過著的會是什麼樣的人生嗎？不是極好就是極壞，反正；有時候我甚至會多心的覺得，或許是因為她開始覺得我不應該再這麼閒了，或許更單純的只是因為她覺得我們之間是需要聊一聊了，可是她不想再主動了。

於是我才發現，一直以來不論是我低潮時難過時連自己也不想看見自己的時候，小雨都曉得該怎麼主動接近我，安慰我，寬心我，可是換成是她心裡有事她想把自己關起來的時候呢？我竟不知所措了。

不知所措。

我這樣對嗎？

都是我的錯？

聚會。

我一直想起這麼一個我弟曾經告訴過我的鬼故事，雖然沒有證據但卻全部人都目睹了的鬼故事：在他上班的公司有這麼一個資深的倉管大叔，從公司成立以來就開始工作著，做的是並不要緊、但就是需要有人去做的工作，任誰都可以做的工作，取代性極高的小工作，而這份工作從公司成立以來一直就是大叔負責著，因為反正也不是什麼誰會想要搶的好工作；大叔和誰都不熟但待誰都客氣，雖然幾十年來一直做著同樣的工作沒升遷過，不過倒也風雨無阻、從不遲到早退的全勤了幾十年，是這麼一個勤奮寡言的元老級大叔。

可是有一天，大叔突然遲到了，大家在納悶了三兩個鐘頭之後終於有人想到要打電話去大叔的家，然而打了好多通電話、大叔的家裡卻都沒有人接，「會不會是獨居老人呢？」在打電話的過程當中，還有人開了這麼不懷好意的玩笑。然而在那不久之後，警察來了電話，問道這裡有沒有這麼個人？說道查了好多資料但都找不到可以聯絡上的人。是個連緊急聯絡人都沒得填寫的人，這大叔，彷彿這句話就是他這一生的總結。

是個連緊急聯絡人都沒得填寫的人。

原來大叔心臟病發猝死家中，還是隔壁鄰居嫌電話聲吵過去查看才發現了這件事。

『沉默的人死得也沉默，聽說是倒在浴室門口，家裡只有他一個人。』弟弟說，『反正後來是福委會接手大叔的後事，辦理死亡證明什麼的，下午大家還在聊著該不該替大叔辦個喪禮呢？但該找誰呢？他還有什麼親人嗎？還和誰往來嗎？還是乾脆就這樣算了呢？但遺體該怎麼辦呢？一切都還沒有定論，也不知道該由誰下這決定，而且誰也不想下這決定，不管是什麼決定。』

然而隔天，公司的所有人卻都看到大叔來上班，他還是以前的那個樣子，還是沉默的工作著，好像他並沒有死去一樣，或者應該說是：他並不知道自己已經死去；大家都覺得是自己看錯了，可是問題正是大家卻都看到了。

『沒有人敢過去跟他說話，本來就相當沉默的人，但現在……』

直到下班的時候，大叔一如往常沉默的離開，有的人說他身影看起來比較淡，有的人說那天感覺公司比較冷，還有人發誓看到大叔就從別人的身體穿越過去，直到有人終於想到要去調監視器查看，可是結果什麼也沒錄到。

『所以那些聲稱錄到鬼影像的影片大概都是造假的，因為真的鬼魂是錄不下來的。』弟弟嘆了口氣，然後總結似的說：『反正隔天公司就決定了替大叔辦了喪禮，起碼這是我們唯一能為大叔做的事情，而出席的人除了三兩個路過看見的鄰居之外，就都是同事了。』

而現在，我覺得我好像那個大叔，那鬼魂，大家都看見了、卻都裝作沒看見，在老房子的聚會裡，我們五個人再一次重聚的這天。

聚會那天檸檬姍姍來遲的時候，我和羅誌銘已經採買完畢正準備煮火鍋，他開口招呼了幾句，接著開始聊起他的花東行，以及飛機上的那一罐可樂；他沒有提起本來我也要去的，也沒提起那天和小雨見面之後的事，他巧妙的只和羅誌銘聊天。他沒告訴羅誌銘我們的事，他或許在等著我自己說。

接著是小雨和語樂一起出現，語樂讓她男友開車載她南下，他們其實早就到了，只是她男友想去看看語樂生活過的校園，接著再一同去火車站接小雨。

『好懷念的火車站，我和小雨就是在那回台北的火車上開始變成朋友的！好懷念這裡的每一個地方！』語樂開心的說，『而且一直就想介紹他們認識了，可是一直沒有機會。』

語樂閃爍著笑容說，她沒說她男友怎麼沒一起來呢？也沒提他知不知道這場聚會裡還有一個她的前男友，他愛了她好久，在分手之後還哭著賴著不肯心死，然後他現在和她最好的朋友正在交往著，而且那還是他最好的朋友暗戀了好久的女孩，而且他一直就知道，他根本打從一開始就知道！

是啊，這一切有什麼難以啟齒的？本來就應該我開口說，本來就都是我的錯。

我的錯。

鬼魂。

過去的鬼魂，現在的鬼魂。

我感謝語樂沒有邀他同來，我在fb上看過他的樣子，也看過他們的合照，還祝福過他們一定要幸福，可那是網路，而我不曉得若是實際面對面，親眼看著和語樂親密互動的人從我變成他，我會是什麼感覺？又該什麼感覺？或許就像小雨說的，感覺滿奇怪的；這裡曾經是我住的房子，而那曾經是我愛的女人，我曾經在這裡抱過她愛過她追求過她守護過她，而現在這一切都不屬於我了，不管是這房子、又或者是這女人，而我們卻必須當作這很自然，這應該的，就像小雨和我，就像檸檬和她。

都是我的錯？

搖搖頭，我看著語樂把那盒好精緻的馬卡龍放在客廳桌上，我分心的想起她從以前就很愛吃那家馬卡龍，接著我多心的想到我還記得這些是否不應該？我還可以記得這些嗎？

我回過神看見她和小雨已經拿著香檳走到餐廳加入我們。我接過語樂遞給我的那瓶香檳，她很自然的就遞給我，而我很自然的就接過手，我記得語樂一直就很喜歡喝香檳，粉紅色香檳，也記得語樂一直就不敢開香檳。我看著小雨正在看著她視線裡的我和語樂，接著她發現我凝望著她的視線，於是她別開臉選擇坐在羅誌銘的身邊，而語樂則是坐在她和檸檬的中間。

我為什麼要在意這一切？

——為什麼總是叫我小雨？

因為我一直奢求著能夠擁有我的語，只是我沒想到，後來我走進了妳的那場雨。

我當時為什麼不說？我現在為什麼沉默？

都是我的錯？

鬼魂。

現在的鬼魂，未來的鬼魂。

『恭禧檸檬退伍！』

舉杯，語樂歡呼著。而檸檬看了我一眼，我知道那眼神是什麼意思，這話這場面通常都是小雨帶頭，無數次，每一次，每一個我們生命裡重要的時刻，開心的傷心的，在這裡，這桌邊，慶祝、歡呼，或者，舉杯、管他的！可是今天她沉默，而語樂發現到這一點，只是她不明白為什麼，她不知道她前男友和她最好的朋友交往了，可是她知道了會怎樣？我不覺得她會怎樣；她反正本來就不怎麼愛我，她或許從來就不曾愛過我，她反正在厭倦我之前就禮貌疏遠了好一陣子，而這或許還應該算是她的溫柔也不一定。而現在則換成是小雨了，溫柔的，禮貌的，疏遠。

小雨為什麼不說？我為什麼不說？我們為什麼要愛得這麼在乎傷了誰避諱誰？都是我的錯，當然，都是我的錯。

語樂帶頭舉杯，小雨默默跟隨，而檸檬看著我，而我，低下頭。

乾杯。

我為什麼不說？

「我想喝啤酒。」

我說，然後起身走到廚房打開冰箱，我在冰箱裡呆站了好久，胡思亂想，想著以前這種時刻不管是誰離席好久小雨會發現小雨會來查看小雨會——

『你怎麼現在才講？』

回過神來，我聽見餐廳響起這一句話，一開始我聽不出來是小雨還是語樂的聲音、鬧烘烘的因為，一開始我以為是他們正在說起我和小雨的事，可是結果檸檬接著卻說：

『因為上星期才決定的啊，也跟老公主討論過了，她說這樣也好，我姐一個女孩子在中國打拚事業也危險，身邊有個男生陪比較好。』

檸檬要去中國了，去他姐姐新開的公司當特助一邊學習一邊幫忙公司的草創，起初會領少少的薪水，但未來可能會有大大的分紅，反正包吃包住還附司機保母，又是自己的親姐姐，大公主，何必計較太多？應該的。

『檸檬——』

我聽見小雨開口想說些什麼，可是檸檬打斷她，大著嗓門說：

『反正一年會回來四次啦，春夏秋冬各一次，如果哪天妳也開始接起中國的商演，別忘記來廣州看我就是，機票錢我幫妳出！』

接著他們開始從這句話瞎鬧成一團，羅誌銘說他也要去，檸檬回答那麼他的話只幫忙出船票，哪有從台灣到廣州的船？有啊，漁船或偷渡的貨船，幹。

幹，我好想加入他們的嬉鬧，可是我沒有力氣，我獨自一個人站在廚房看著聽著這一切，這曾經我也同在畫面裡的一切。

接著語樂也說了些什麼，還有小雨也是，可是我沒聽見，我還是繼續站在廚房裡喝啤酒，我喝得有點輕飄飄了。沒有人發現我缺席了好久。

我突然有一種不被全世界理會的心傷，可是我們明明就待在同一個屋簷下啊。

鬼魂。

現在的鬼影，未來的鬼魂。

我聽見他們開始聊工作，各自的工作，開心的事討厭的事他媽的事！我發現我越來越不想要過去加入他們，我還沒有固定的工作，連我弟弟都已經開始工作，連上個月才退伍的檸檬都已經有了工作，起薪很少可是他不在乎，他只想丟掉這一切，他不想要我們的燒烤店了，可我卻還一直在盼望著那可能是會成真的，那其實是可以成真的，我當內場他做外場，因為他很會招呼客人，或者反過來，省得他囉嗦客人。

那應該是要成真的。

我這麼輕而易舉的就被不要了，再一次。

在厭倦對方之前先禮貌疏遠，或許其實是種溫柔也不一定。他媽的。或許我們根本就不應該認識，或許他根本一開始就應該告白，或許這一切根本就是他的錯才對！可是他氣我，他反而氣我？他媽的！

『晟晟？你怎麼一直站在這裡喝酒呢？你喝成這樣待會怎麼開車回台北？』

沒有數是喝掉第幾罐啤酒時，我聽見語樂的聲音在我的耳邊響起，她站得應該離我滿近的，我想開口告訴她、不應該再站得離我這麼近了，因為我們已經分手了，因為她已經有新感情了，而我也是，而且那女孩還是妳最好的朋友，小雨；我想解釋些什麼，可是我的舌頭好重還有我的頭也是。我聽見羅誌銘在不遠處說：

『他車子已經賣我了啦，我給他三萬塊錢紅包感恩，他晚上可以睡這裡，反正他房間也沒動過，我明天再送他去搭火車就好。』

反正我也沒工作。我想說，我聽見檸檬帶著醉意說：

『那小雨怎麼辦？』

『小雨怎麼了？』

語樂代替小雨回答羅誌銘：

『小雨可以跟我們一起回台北，我男朋友——』

打斷語樂，檸檬說：

『她也可以和致晟一起睡三樓的房間啊。』

語樂的臉就在我的眼前，我看見她頓時沉默，而餐桌那頭也是。

我知道此時此刻他們各自在想著什麼驚訝什麼，只是我不知道我幹嘛要這樣說，但反正我就是接著這麼說，懷抱著壞情緒說：

「是啊，就像以前語樂和我那樣。」

沉默，更多更多的沉默，語樂的臉離開了我的眼前，拉遠，她鬆開了原本扶著我手臂的手；我的情緒滿出喉頭，我打破這場他媽的沉默，我開始搞砸這原本就搖搖欲墜的感情，這假面，這他媽的。

『我開始搞不懂你了。』

我聽見檸檬說，遠遠的對著我說，我把這憋了整個晚上、這好一陣子的他媽的狗屁倒灶一口氣吐出：

「小雨才沒有喝兩罐啤酒就醉，可是她沒有說，但她沒有錯，而你呢？你也是，你根本從一開始就喜歡她，這件事羅誌銘也知道，因為在場的就我們三個人，可是你們都沒說，你們也都沒錯，而我沒說，但卻變成我的錯！語樂不要我是我的錯，我媽癌末了才發現也是我的錯，而現在，我接受小雨的感情也是我的錯！全部都是我的錯！你們自己也什麼都沒說卻什麼也沒錯！全部都沒錯！都是我的錯！」

『只是接受？』

終於，小雨開口說，抬頭，我看著她的眼睛下起無聲的雨，揮手，她揮掉檸檬想拉住她的手，轉身，她轉身走，檸檬沒有追上她，追上她的人是語樂。而我，癱坐在廚房潮溼的地板上，哭泣，為所有的一切，所有這他媽的一切，哭泣。

放聲哭泣。

——不是每一段愛情，都是由相愛開始。

——在我最不好的時候，陪在我身邊的人是你。

——其實這畫面，我夢想了好久，在這裡，只和你。

——很多感情到頭來，只會剩下感恩。

我聽見他們輪流在我的耳邊說，可是我分不清楚什麼話是由誰說，我只感覺頭好痛而且嘴巴好乾，張開眼我看見黑暗中有個人影坐在我身邊打盹，我試著開口想要說些什麼，可是卻只發出了無意識的沙啞聲音，接著他醒來，起身走開，回到我身邊時他帶了一杯水過來。他知道喝醉醒來的第一個感覺。

『很渴吧？我很久沒那麼醉過了，不，其實我也沒怎麼醉過，我酒量很好，喝不醉。不過你酒量怎麼變那麼差？我記得啤酒對你只是汽泡水而已，不過你一向也都只喝啤酒而已，但這也可能只是我記錯了，或許酒量差是會被傳染的。』

我一口氣喝乾這杯水，發出了點像樣的聲音，但還是說不出一句完整的像樣的話。

『回我房間睡吧，檸檬說三樓的房間都沾灰塵了而且棉被也不夠，夏天的話就算了，但現在是冬天可不行。來，我扶你。』

吃力的坐起身，我讓羅誌銘扶著上樓，在試著躺平時，我聽見他說：

『其實你說的都對，只是，你說錯了方式，而且，你傷了她的心。』

「她走了？」

『嗯，和語樂他們一起回台北了。你這兩年很不好過，他們都知道，也不會介意太久的，我們都還是朋友，睡吧，別想太多，因為反正想再多也沒用，要有用的話，大家都用想的就好啦。』

轉過身，背對著他，我沉默的流淚，把悶在心底的卡在喉頭的塞在腦子的，一口氣，以淚流乾。

『謝謝你這幾年一直替我拿處方箋，幫了我好大的忙，還有，謝謝你的車，接下來我就是努力存房子的頭期款就好了，雖然接下來還有婚禮的錢、蜜月的錢、小孩的錢……沒完沒了，直到嗝屁，活得像一隻微不足道的螞蟻；不過算了，這就是我的人生，而我也還算喜歡。我明天還要早起上班工作存錢，你好好睡個覺，我午休再回來載你去搭車。你也好好振作。晚安。』

在成長的過程中，有一些個性會顯現，有一些個性會不見，這是我這一陣子以來的最大感觸，我指的是和他們失去聯絡的這一陣子。

這一年檸檬去了廣州工作，依他所言應該回來過四次了，我不知道他回來一次待多久？因為他沒有一次來找過我；羅誌銘和語樂依舊各自在ｆｂ上放閃，依舊過著他們正確的生活，不管是螞蟻的人生，又或者是蝴蝶的人生，他們都還算喜歡自己的人生，我想。

我後來會看到他們放四個人的合照，而合照裡的他們，笑得依舊開心，我盡量讓自己在房間裡頭麻痺，也想過要取消關注他們的動態算了，不要讓自己心情變得更差了，但不知怎的就是辦不到；小雨依舊唱著歌，前一陣子還去了中國那個新的熱門歌唱比賽節目，她還是有那股讓觀眾會很想為她加油的魅力，我不知道她有沒有順道去廣州找檸檬，但我想她應該不需要檸檬幫她出機票錢。

我離她越來越遠。

我有時候會多心的想著，她或許會和那個很照顧她的羅毓良在一起，我其實和小雨交往的時候很吃味他對小雨的照顧，特別照顧，那陣子我去無名咖啡館接小雨的時候會感覺到他投射過來的眼神；我那時候一直沒有告訴小雨這感覺，我不知道我一直把這些話留在心裡幹嘛？

我試著打過幾次電話給她，可是她沒接也沒回，我去過她家樓下幾次，可是沒有一次等到她。每一次我都會順道去那家店找那隻狗玩，有時候也會對牠說一些心底話，有時候牠會理我但有時候不會。

小雨在那天之後發了一個訊息給我：你活在我無法理解的世界。這個訊息我一直留在手機裡沒有刪除。我不知道我一直留著這訊息幹嘛？

其實她不理我了也是對的，我都不自愛了、該怎麼愛人？

我活在妳無法理解的世界。

在那空白的一年裡，我經常會有種莫名其妙的認定，認定在某個我不知道的地方，正發生著什麼關於我的不好的事情，而我只是還不知道而已，但反正我就快要知道了；每當這個時候，我總是會徒勞的想著，如果此刻小雨就待在我身邊的話、那麼一切就會好過一些了吧？我會寬心許多，或者應該說是，她的存在會讓我寬心很多。她是如此美好的存在。

然而，她已經不在我身邊了，我離她越來越遠，我配她不上，我傷害了她。我的錯。

漸漸我會覺得，當我們還是同學，還一起站在人生的起跑點時，相處是一件很自然很容易的事情，為了彼此所有無聊的話語、幼稚的行為哈哈大笑，簡直就比睡覺還容易；可是漸漸的，我們的進度不同，我們的人生際遇改變，有些人的世界大了，有些人的世界還在原地，這時候，磨合就是種智慧了；其實漸漸我有點覺得，接受朋友的改變，而不是執拗的認為對方應該還是我們記憶裡的樣子，是種需要人生歷練的訓練。

有回我把這樣的感觸告訴羅誌銘，而他聽了之後，對我露出了很不一樣的表情，他說：

『你看起來總算是開始振作了嘛。』

「是啊，人生嘛。」我調侃自己：「浪費太多米了，終於開始不好意思了，都想去跟農夫道歉了呢，如果家裡有塊田的話，搞不好就這樣去種田了呢。」

這話他笑了笑，然後接著問：

『新工作如何？』

「就一般般啊，不過應該會繼續待下去吧，沒理由要走啊，因為也不曉得還能去哪了。」

『很驚訝反而是你跑去燒烤店工作。』

「說得好，或許到最後開起燒烤店的人反而是我也不一定。」

『是啊，人生嘛。』

在那一年秋天，我應徵了燒烤店的正職人員，我的履歷表還是不及格，不過或許是態度改變了的關係，於是這次我被錄取，薪水很合理，只是休假少，而且週末節日幾乎都禁假。不過關於這點我是可以接受的。

「反正也沒什麼朋友了，休假也只是去看狗而已。」

面試時我這麼告訴老闆，而他的反應讓我覺得他可能以為我只是在開玩笑吧，可是我不是；我想起如果是以前的那個我，大概會很不欣賞他當下的這個笑容然後就這麼走掉吧。

成長。

告別。

羅誌銘還是一個月回台北一次，回家看爸媽，去醫院拿藥，每一次他都會到燒烤店來找我，因為我開始變得沒有時間回老房子找他。他是那一年，唯一還和我聯絡著的人。唯一還理我的人。

在羅誌銘來找過我的不久之後，接著語樂出現在店裡，我猜是羅誌銘那個大嘴巴告訴她的，我指了同在店裡工作的女朋友給她認識，她很開心的祝福我們。

『怎麼開始的？』

「就我覺得她對我有意思，然後我覺得她還滿可愛的，所以主動追她，然後我們就在一起了，下班後我們會一起去吃消夜，隔天休假的話我會去她家住，不會是我的房間，因為我的床太小了，因為回憶太多太擠了。」

語樂尷尬了，而我卻還是執意的故意的繼續說：

「而且她的朋友我一個也不認識，而我一個朋友也沒有，所以謝天謝地不會再有以前的問題。重蹈覆轍不好玩也玩不起。」

語樂尷尬的笑笑，然後決定把這句話留在上一分鐘，這不是她今天來到這裡的目的。她換了個話題，說：

『羅誌銘好像終於要結婚了！看他ｆｂ說在到處看房子了。不過我猜你大概沒什麼時間上網了吧？』

「其實都還是有的，你們的每個動態我都還是看過的，只是都沒更新了，也沒聲音了。」我笑著說，我的確是笑著這麼說：「真沒想到現在變成是羅誌銘在當我們的傳達者了。」

『是啊，以前都是檸檬……』

她猶豫著沒把話說完，她打量著看我的表情，於是我微笑著告訴她：「沒關係，」我問：「他們還好嗎？」

『他們很好，檸檬在那裡交了個女朋友，幾乎是一到那邊就立刻交了個女朋友。』

那小雨呢？

『嘿，下次聚會一起來吧？』

「是啊，當然。」

那小雨呢？

『我們要和老房子告別了，羅誌銘是這樣說的，不過我們都覺得他應該會硬拗我們幫他搬家。』

「呵，他當然是會這麼做的。」

那小雨呢？

「如果有遇到他們的話，請代我問聲好。」

『好。』

好，語樂說，然後拍了張我們的合照，當晚我在ｆｂ上看見她上傳這張照片並且tag我，那張照片是我ｆｂ裡唯一的更新，而照片裡的她還是很美豔動人，照片裡的我們看來真的只像是朋友了。

接著隔年春天，走進燒烤店在我面前坐下來的人，是檸檬。

『好久不見。』

他笑著說，還是我記憶裡那副痞痞的笑，久違的痞痞的笑。我若是在大學之前遇見他，我一定會狠狠的揍他。幸好我們相遇得晚。

『實際上在燒烤店工作的感覺如何？』

「就變成中秋節不會想要烤肉了，再過幾年，大概就會開始痛恨中秋節了。」

我說，然後我們相視而笑。

『我們多久沒見了？』

「如果你上次回台灣有來找我的話，那就大概是一年整。」

『白爛，』檸檬笑著說，『我就跟他們說你一定有在偷看ｆｂ。』

「並沒有偷看，只是會偷哭而已。」

白爛，檸檬又說了一次，只不過這一次，說得尷尬了些。

『聽語樂說你現在有女朋友了？』

「是啊，不過她今天沒來，真不巧。」

『她……如何？』

「很好啊，是店裡的常客，我們愛得很簡單，不存在必須跟誰交代或者誰對誰錯誰傷了誰負了誰又對不起誰的問題。」

我說，一口氣這麼說，故意要這麼說，在檸檬的面前，在被他們聯手推開我一年超過之後。我沒想過他真的會為了小雨推開我。

『對不起，』過了好一會之後，檸檬才說，『其實我上次回台灣有過來，都走到你店門口了卻……』

「沒關係。」

我坦然的告訴他，都沒關係了，所以才能夠說出口的，可能心底還是有氣，可是不會再介意了，也不再被擊垮了。因為在他們離開之後，很多事情都變了。

我一個人走出來了。

「很檸檬風格啊。」

『對不起。』

對不起。檸檬又重複了一次這三個字。

我其實很驚訝他這麼乾脆的道歉，更驚訝的是他沒反擊，他不是那種會悶著挨拳還不反擊的人，他不會無故主動挑釁人可他也不會放過主動挑釁他的人。我記憶裡的檸檬不是這樣的人。

或許變的不只是我，或許我們都變了。

我換了個比較輕鬆的話題：

「我有個問題一直想問你，那一年你去了淡水卻又沒告白，然後打電話給我的這中間一大段時間，到底是跑哪去了？」

『無聊，都那麼久以前的事情了，還記得這些幹嘛。』

「就很納悶啊，還因此失眠呢。」

『無聊，』檸檬又說了一次，他把杯子裡的啤酒喝乾，然後示意我再來一杯，就這麼沉默的看著我往他杯子裡注滿生啤酒之後，才說：『就跑去對著淡海丟石頭啊，不然咧？』

「白爛。」

『嘿，下星期的聚會一起來吧！這一次是真的要告別老房子了，羅誌銘今年終於要炸我們紅帖了。有休假嗎？』

「有啊，只是我還可以去嗎？有資格嗎？被允許嗎？」

『致晟……』

「是啊，在你們狠狠推開我之後，然後一個個走進來若無其事的話當年，好像把我這裡當作告解室那樣。」

好像那一年什麼事也沒有發生一樣，確實那一年對你們而言可能就是很普通的一年吧，只是發生了一些討厭的事情而已，排擠了一個變討厭的人而已。可是你們知道嗎？那是我人生中最難過的一年，在那之前我已經沉重了兩年，心苦了兩年，我很謝謝你們擔心我，也很謝謝你們在，你們那時候還是關心我的；然而在那一年，我終於試著要站起來、走出來，然後呢？然後你們卻把我狠狠的推開，想也不想為什麼？問也不問怎麼了？就這麼留下我一個人，重新跌回人生的低潮裡，更深更沉的人生黑洞裡，獨自掙扎，垂死掙扎。

「那是我人生中最難過的一年，可是我最愛的你們，沒有一個人站在我這邊，替我說句話。你們沒有一個人留在我身邊。你們都是對的？都是我的錯？」

檸檬沒有回答我，或許是問題太沉太重而他也無解。他只是說了我一直想問卻始終問不出口的名字。那場雨。

『你以為我為什麼上次沒走進來而這次真的坐下來？』筆直的凝望著我，檸檬一個字一個字的慢慢說：『是小雨要我來的，她說那一年，我們對你不公平。』

「……」

『說出來你大概會驚訝吧，不過，不管你相信也好，不信也罷，你，還是一直就在我們的話題裡。』

最終章　妳想要的，只是我的後悔嗎？

而妳，
想要的，
只是我的後悔而已嗎？

溫雨樵

致晟沒有來老房子的聚會，雖然語樂說他答應了會來，雖然檸檬說他覺得致晟根本就沒打算來，我們都看到了語樂拍的那張照片，我們也都看到了致晟並沒有任何的回應，他只是依舊保持沉默，這樣而已；致晟大概不知道其實我們也花了好長一段時間才又重新修補這段裂痕了的感情，在那個冬天之後，我們各自空白了整個春天和夏天，然後是秋天，我們才又再一次重聚。我們四個人。

那是去年九月的事，我記得很清楚，那時候 hebe 發行了第二張個人專輯，然後我眼前我耳邊我對面消失了好久沒消息的檸檬突然 line 給我，問：聽了〈還是要幸福〉這首歌了嗎？

「都聽到會唱了呢。」我笑著說，然後風輕雲淡的說：「嘿，好久不見。」

『是啊。大概有八輩子那麼久了吧，時間過得好快，真是難以置信。』檸檬爽快的嘆了口氣，接著又說：『我有看到妳在中國的歌唱比賽節目，指著電視跟我女朋友說那是我麻吉她都不相信。妳究竟有沒有要來廣州找我？都說了機票錢我出……』

我笑著答應他下次一定。

「你交女朋友了啊？」

『是啊，終於。再單身下去老公主都要找兒子促膝長長談了。』

檸檬笑嘻嘻的說，但沒說他們是怎麼認識的？交往多久了？她是怎麼樣的一個人？彷彿這一切並不值得長聊，也好似這一切再與我無關。他只是把話題一轉，用一種這幾年來我再熟悉不過的語氣，說出這幾年來我再熟悉不過的這句話：

『叫羅誌銘把大家的時間喬好再告訴我約哪天！』他大著嗓門快活的宣佈：

『我下星期回台灣！我們來聚餐！』

「好啊，當然。」

我說。

我們都沒有確認他話裡指的大家指的我們指的是幾個人？我們也沒有試著把那段空白的之前之後聊起，我們只是隔著 line 的兩端一起聽著〈還是要幸福〉。

「我甚至真心真意的祝福　永恆在你的身上先發生

你還是要幸福　你千萬不要再招惹別人哭

所有錯誤從我這裡落幕　別跟著我銘心刻骨」

詞：徐世珍／司魚　　曲：張簡君偉

我們在去年秋天重聚，改變的是我們開始變成一個季節聚會一次，不變的是檸檬依舊是串起我們的人，他總是落下一句：『我下星期回台灣！』然後接著，我們各自動員了起來，相聚。

在那個秋天之後，語樂去找過致晟，而檸檬也是，他們前後都傳達了希望他一起告別老房子聚會的訊息，可是結果那天他還是缺席；直到今年夏天我們才終於相遇在羅誌銘的喜宴上。我們五個人。

致晟的身分是伴郎，不過顯然這婚禮這喜宴他事先已經參與幫忙不少，當我們前後抵達喜宴現場時，他已經陪著羅誌銘忙完了婚禮的繁瑣細節，接著在喜宴現場穿梭著忙進忙出。

搭著檸檬的肩膀，羅誌銘遙指著會場裡指揮若定的致晟，說：

『別再說他是公子哥個性了、我們誤會他了，這傢伙根本就是我婚禮喜宴的總幹事，他幫了我有夠多，而且幹得真不錯！他做的事情甚至比我老婆還多咧。』

『是啊，他看起來變了不少。』

『他穿上西裝還真帥，好像變了個人，變成了大人。』

羅誌銘笑著對我們說：

『他真的幫了我很多，我指的不是這結婚而是這幾年來，或許大四那年學生會長的選舉我該聽他的：我已經落選三次了，拜託這次投羅誌銘一次！』

然後我們笑，然後我們按著羅誌銘指向的座位走去，我們看著他轉頭再去招呼下一組進門的賓客。

非常精簡非常務實的喜宴，沒有裝熟的婚禮主持人，沒有賓客們必須配合裝嗨的餘興節目，甚至連長輩長官的致詞也幾乎省略，變成是和新人一起站在台上鞠躬致意，只有新人們各自成長階段的照片以及相遇相戀之後的合照搭配著音樂反覆的出現在四周的投影布幕上；我們都注意到羅誌銘選了好多我們一起的照片，確實我們共同經歷的那些年歲是我們生命中最重要的一段；我們也注意到致晟沒有和我們同坐在一張桌子旁邊，他坐在主桌的隔壁，和一群或許是羅誌銘堂兄弟表姐弟之類的陌生人在一起。

我們都不知道原來一直坐在他旁邊的那個女生是他現在的女朋友。

『他喝了不少酒。』

遙遙望著致晟，檸檬說，我還是不喜歡看到他喝酒，我心想，我沒說。

他以前經常半夜喝醉了打電話給我，為所有的事傷心，為自己感覺到徹底難過；而在我擔心了一整夜、在他隔天清醒之後，為前一夜的失言失態道歉，接著卻沒事般的說：『原來我昨天狀況好糟糕，不過幸好是又變成了新的一天，能夠睡著的感覺真好。』

我其實很不喜歡他那樣，可是我從來就沒有告訴過他這件事這心情，沒告訴他這樣不好。

我從來沒有告訴他的，又豈止是這個而已？

我愛得如此卑微。

卑

微

我聽著語樂接著說：

『我大概會好一陣子不能喝酒了，還好上次和你們在老房子裡有好好的喝過了。』

我們同時驚訝定住，接著齊聲道恭喜。

『其實按習俗是還不能說的，不過……』她男朋友摟了摟她的肩膀，接著舉杯向我們道謝，『不過樂樂說你們是自己人所以沒關係。』

『又沒差那幾天。』

語樂嬌嗔著抗議。

恭喜啊，謝謝啦，男生還女生？還不知道啦知道了會告訴你們，不過我已經開始在逛嬰幼兒用品了，真的好想早點知道喔，這樣才能早點下手買嘛，還要忍住不買好難過，不過先買了也是可以的，反正我們又不會只生一個……

『不過希望第一胎是女生，我哥哥已經生了兩個兒子了，所以我媽很希望這一胎是女生，她大概是快要被那兩個孫子搞瘋了。而我則是希望能像樂樂一樣漂亮的洋娃娃，然後車子也要換了，要換休旅車，因為兒童座椅什麼啊推車的，RAV4

好像很不錯！但要選什麼顏色就有點拿不定主意……』

她男友談興很好的告訴我們這群他聽語樂說了很久、但這次是第一次見面的朋友。

這位準爸爸喝得微醺地說著，而語樂則甜甜的笑著。想專心待產所以婚禮的事等生完了身材恢復再說吧、因為太突然了，不是計畫中的。語樂接著說，不過也稱不上專心待產啦，因為現在在忙著新家的裝潢，房子已經買好了，離我娘家比較近，這樣我媽媽幫我做月子啦帶孩子啦什麼的比較方便，不過裝潢好麻煩，一堆事要注意而且好吵，所以有先送禮盒去給新鄰居們道歉……

『你們在聊什麼這麼嗨？』

抬頭，新郎一行人已經沿桌敬酒來我們身邊。

『明天再告訴你，今天你們是主角。』

語樂說，接著我們同時舉杯，恭喜，乾杯。

站在新郎身後的致晟接手替羅誌銘喝掉所有我們這桌人敬著的酒：

『新娘有交代新郎不能喝。』

帶著酒意、致晟笑著說，然後，是的，接著他介紹起隱身在這一行人中、他一直牽著手的女生，突然的丟出這句話：

『這是我的女朋友。』

這是我的女朋友。致晟說，不等我們反應，便跟著新郎一行人移駕到下一桌敬酒擋酒。

這是我的女朋友。致晟說，而語樂接著說的是：他上次指給我看的不是這一個。這是我的女朋友。致晟說，而檸檬沒有說什麼，他只是拍了拍我的背，然後舉杯，讓我們乾杯。

這是我的女朋友。致晟說，這是整場喜宴、終於再一次碰面時，他唯一對我們說的話，彷彿事到如今、他唯一想對我們說的話就只剩下這一句而已；而我只是在想，那曾經是我，很想很想要擁有的畫面，那是我差一點就能夠擁有的畫面，那是我終究無能擁有的畫面。我做錯了什麼？我是否做錯了什麼？

錯

了

那是他的女朋友。

那是我愛了好久的男人，而我，終於在那場喜宴結束之後，才得以有勇氣，把鎖骨上他送我的項鍊取下、不再眷戀，在，花了這麼久時間之後。他注意到了嗎？

「你如果很幸福　半夜的簡訊我就無需回覆
因為你的悲喜已經有了容身之處
我也能有　最純粹的孤獨」

詞：徐世珍／司魚　曲：張簡君偉

秋天的聚會在語樂新居落成的家裡，語樂的肚子已經明顯隆起，她開心的宣佈如願懷了女娃娃，其實不用她說我們也看得出來，因為屋子裡已經堆滿了好多粉紅色的嬰兒用品期待著主人的誕生；而羅誌銘的妻子也是，不曉得這是不是他們婚後沒去蜜月旅行的原因。

我忘記他說肚子裡的小生命是男生還是女生，我忘記他有沒有說。

『醫生都說了沒關係，但她就堅持要小心——』

『反正又不急，以後我們多得是時間，而且我想去巴里島浮潛和泛舟。』

『好啦，老婆說了算，就當多存點錢到時住最貴的 villa 好了，不過接下來真的是有夠忙了，起碼沒三年好日子過。』羅誌銘滿足的抱怨著，然後問：『喂你咧？到底有沒有要娶人家啊？幹嘛一直不帶馬子來給我們認識？』

『她就沒錢啊，而且要辦一堆手續啊證明啊什麼的，麻煩死了。』

『就幫她出啊，不是已經開始領分紅了？』

『靠腰要你管，比老公主還囉嗦耶你。』

不然你來啊我介紹你們認識，是啊幫我出船票是嗎？對啊那當然不然咧？靠北那我還是繼續跟你們視訊就好，知道就好等一下一起回去嗎？沒啦我這次要拿藥明天才回去，拿藥？拿什麼藥幹嘛一直裝神秘不講？避孕藥啦怎樣？白爛。

『白爛。』檸檬嘖了一聲，然後轉頭問我：『等一下有沒有事？要不要去喝一杯咖啡？』

「好啊，哪裡？」

『可以一邊看著淡海一邊喝咖啡的那家。它還在嗎？』

「當然哪。」

兩杯熱拿鐵，可以一邊看著淡海一邊喝咖啡的這家咖啡店。劈頭，檸檬就問：『妳最近好像比較少唱歌了？』

「是啊，過氣了。」

『咕，最好是啦。到底是怎樣啊？』

「沒什麼啦，就是累了，也連續不停的唱了好幾年了，想休息一下。」

我說，我沒說因為羅毓良生病了，情況不太樂觀，他小時候爸媽就離婚了，也沒有什麼還聯絡著的親人了，他前妻和兒子又在美國，他們關係其實疏離、雖然他和兒子在網路上的互動很友善；他很過意不去讓我去醫院裡照顧他、幫他決定一些事情、盯著看護有沒有哪裡疏忽……

每當護士問起我是他的誰時，他總是一副為難的表情。

我不知道我是他的誰，不過我知道他是我的恩人。關係欄上為什麼都沒有這一個選項？

羅毓良不想讓任何人知道他的病，連工作上的好友們也不洩漏。他只說他去美國度長假。

低頭喝了一口熱咖啡，抬頭，檸檬小心翼翼的問：『妳終於把項鍊拿下來了？』

「嗯？嗯。」

也連續戴很多年了，想改變一下。我想開玩笑的這麼說，不過我沒有，我發現這個玩笑我說不太出口，我只是低頭喝了一口還熱著的咖啡。

『有時候我會覺得是我的錯。』

突然的，檸檬說，檸檬開始說。如果那年我告白了，然後失敗了，然後小心眼的不跟妳好了，那……

『那可能他就不會有機會跟語樂交往了，那就算他後來跟妳——』

「都過去了，還說這些幹嘛？」

說了也於事無補的話，還說著幹嘛？

『就……』嘆了口氣，檸檬換了個話題，突然的說：『這是我的女朋友。他媽的這什麼話，他這句話說得好有情緒，好像是在怪誰呢，我想就是在怪我吧。我覺得我欠了他，欠了你們。我覺得是我搞砸的。』

我看著他。

『其實我這次回去有先去他店裡找他，幹什麼我也不知道我就是忘不了那天他的表情他的口氣，所以就這麼下了飛機拖著行李直接跑去找他。』
我看著他。
『算了，我也不知道我突然的說這些幹嘛，我也不知道自己在說什麼了。我去打個電話，妳在這裡等我一下。』
我去打個電話，妳在這裡等我一下。
檸檬說，可是他去了好久都沒有回來，久到咖啡都涼了，久到——
『妳上次還戴著那條項鍊的。』
我聽著致晟的聲音在我頭上落下，我看著他的臉在我對面坐下，我驚訝我居然一點也不驚訝。我低頭喝了一口已經冷掉的咖啡。
冷掉的咖啡其實並不會走味，只是沒了原先的滋味。
我想起那年在象山他第一次吻我的時候、抬頭我看見的快速移動的月亮，其實月亮是不會快速移動的，移動的是雲，被風吹著移；這麼簡單的道理我當時竟然想不透，後來還深信不疑，一心認為那不是幻覺是徵兆：我們就要永遠幸福的徵兆。只屬於我們兩個人的幸福徵兆。
傻女孩。
我聽著他試著輕鬆的說：

『那傢伙說他去淡海丟石頭了，可是我不相信，我覺得他是直接去我家拿行李回家，他其實鑰匙一直沒有還給我，說起來真的很變態，我們居然曾經那麼要好過，要好到我給他家裡的備份鑰匙。他有在飛機上喝完那罐可樂。』

我知道他說的那罐可樂，我不知道他也知道那罐可樂，我知道他為什麼要突然提起那罐可樂，他想讓對話順利進行，他想要我問他「什麼可樂？」或者就順著話題聊起檸檬、讓氣氛輕鬆，就像以前那樣。可是我無語我轉頭，我看著窗外的淡海，我不知道自己是不是還想要說些什麼。

我其實想像過這畫面無數次，我指的是無數次。

那陣子他一直打電話給我時，我想像我接起，我想像他道歉而我哭泣，我想像他說他愛我他還愛我，我想像他接著會說：『我現在人就在妳家樓下，妳在家嗎？』我好懷念他那句話那語調，我那時候還是愛他的。

我只是不知道該怎麼面對他了而已。

我只是不再確定了而已。

我只是害怕了而已。

我該相信什麼？

後來他改傳訊息給我，我想像我回覆，我想像我什麼也不回覆就只除了我還是愛你的我愛了你好久比你知道的還要久；可是我沒有，都沒有，我滿腦子只有那句話那接受那兩個字，滿腦子繞啊跑的搞得我頭好痛。眼睛也總是腫腫的。在每一次的商演時我也總擔心著他就在台下聽著他就在保母車外等著，我在台上可以好好唱歌專注唱歌，可是下了舞台之後我必須讓羅毓良牽著走陪著走因為我怕我會崩潰因為我每走一步就找他一次我一直以為他會在可是他一直都不在。其實他幹嘛在呢？

其實他一直在。

我在那家早午餐店裡看過他好幾次，他去找那隻狗玩他在和那隻狗說話，每一次我都以為我會停下腳步走過去可是沒有一次我停下腳步走過去，我不知道我幹什麼要這樣閃躲逃避我害怕他會再一次告訴我我們不是交往我們不是相愛他只是接受了我的感情而已他只是要我愛他而已；我以為我們相愛終於相愛，可他卻說那只是接受，其實他傷我最深的並不是始終欠了我一句：她是我的女朋友。卻是：我接受她的感情。

他說的是接受，不是愛，當時。

他只是接受我。

接受接受接受。

我聽著他說：

『妳大概不知道吧，後來我甚至還去了那個無名咖啡館幾次，我指的是、妳一直不肯理我、不願意聽我說句話的那個後來，我其實不是很喜歡那裡，每次去接妳的時候，我總是只站在門口等妳是這原因。

『本來是想要坐在最靠近門口的位置，不過那位子總是被一個穿著一身黑的男人佔著，每一次門被推開我就抬頭看一次，而他也是，我不知道他在等的人是誰？但我知道我在等待的人是妳。總希望能不能下一個走進來的人就是妳，或者是你們，就算是你們也好。只要能再一次親眼看到妳就好。

『我不知道那個總是穿得全身黑的男人是誰，也不知道他在空等著的人是誰？直到有一天，我甚至都想坐過去和他聊天了的時候，我終於知道，那裡差不多也不是我該待的地方了；所以我試著振作起來，只是這一次，沒有妳陪了。無所謂，我的錯。反正無論如何我就是振作了起來，重新工作，試著把人生過對。

『我以為那一段已經過去了，語樂來找我時我是這樣覺得的，檸檬來找我時也是沒有改變的這麼想著，或許是賭氣吧，是啊，我真的氣，我很受傷，你們、讓我很受傷。可是那一天在喜宴上看到妳時，終於再一次親眼看到妳的時候，我……我不知道。我告訴過妳嗎？在我最不好的時候，陪在我身邊的人是妳。』

而你現在好了，復元了，好端端的坐在我面前，告訴我，你無辜。

「那你要繼續好好的，你現在這樣很好，看起來很好。」

我開口說，聲音冰冷得連自己也意外，不過他不在乎，他苦澀的笑笑，他接著又說：

『我很想妳，我忘不了妳。』

「你女朋友好嗎？」

我聽見我這麼問，我看見他臉上的笑容複雜了起來，他嘲諷的笑著把問題丟回來給我：『哪一個女朋友？』

他話裡有情緒，檸檬提過的情緒，很深很沉的情緒；那一年其實不是他的錯，不是我的錯，更不是檸檬的錯，我們只是都沒有把事情做對把話說對。

我們只是以為逃避也可以是種面對。

我轉頭看著窗外的淡海，我想起那一年和檸檬曾經就對坐在這裡，決定把話埋葬。

『語樂來找我時看見的那個？喜宴上我帶去的那個？我不知道我幹嘛要那樣講，故意講，我那時候看著你們坐在那裡，說得笑得好開心，原來我這個人對你們而言可有可無，原來我這麼看重和你們的感情但結果我卻那麼容易就可以被捨棄！』

我轉頭看著他緊握在桌面上的拳，我想著以前的每次每次我都會知道要握上。

『而我酒喝多了心也悶了，這幾年來埋在心底的這些那些突然的全湧出來了，我開始覺得那是個好主意，你們覺得我該說而不說是嗎？那好吧我就說給你們聽好了！嘿！聽好了，這是我女朋友。這樣可以了嗎？還欠你們什麼嗎？』

我抬頭看著他臉上溼潤的眼眶，我想起他曾經說過我是他的雨，甦醒他，復活他，救贖他。

『不，我現在沒有女朋友。我後來荒唐回去了，我指的是感情上的這一塊，我一直就沒有固定的女朋友、在妳之後。我現在沒有女朋友。算了我不想再講了，說多了像是在辯解，不說了又像是在默認。』

愛的時差。

我心想，我沒說，我只是低頭把杯子裡已經冷掉了好久的咖啡喝乾。

鬆開了孤單在桌面上緊握著的拳頭，他凝望著我，他問：

『妳還記得嗎？妳曾經告訴過我：你說我就信。』

記得。

『我還是很想妳，我還是愛著妳。』

抬頭，我看著他的臉，筆直的凝望進他的眼，這個我愛了好久的男人，這個我愛了太久的男人，我看過他驕傲，也看過他軟弱，我看過他的悲喜，也看過他被擊垮，而此時我看著他，卻突然覺得，我再也看不懂他了。

我彷彿看見未來一分為二：有一半的我是起身離開，然後我們就此陌路，繼續陌路；而另一半的我們重新走回那場被突然中斷的愛情裡，他不再是當初那個破碎的他，他重新堅強了起來，他甚至完整了出來。那我呢？我堅強太久了，我累了，好累了。

我想要哪一個未來？

一個點頭一個起身兩個全然不同的未來。

『如果可以的話，我甚至想要買回從前的我們。我還可以挽回嗎？』

他曾經也想要挽回語樂的，他為什麼總是在挽回？

而我只是在想，有很長很長的一段時間，我心底一直有你，偷偷愛著你，終於能夠愛著你，想著我是你的女朋友，讓你牽著手，接受他們的祝福，或挖苦；可現在，當項鍊終於被拿下的那一刻開始，我心底，有過你。

我突然好希望現在就下一場雨，此時，此刻，可是沒有，天空還是乾乾的，而月亮也依舊高掛在天上，月亮從來就不曾快速移動過。沒有誰是為了誰而存在。

夢醒了。

我聽見我告訴他：

「你們都喜歡我，是啊當然，小雨小樵樵樵，總是笑咪咪的脾氣好，被亂開玩笑也不在意，再冷的笑話都會配合笑，那麼有耐心，對每個人都好，在你們有需要的時候總是陪在旁邊傾聽著加油著，再忙再累也總是會出現在聚會裡，誰和誰吵架了就當和事佬，誰愛誰不到就幫忙推一把。你們都喜歡我，可是你們有沒有想過、你們有沒有一個人想當我？」

他沉默，打從他坐在我的對面之後，這是他第一次沉默。

「你給了我勇氣，我一直是個很膽小的人，可是你給了我勇氣，我指的不只是愛情而已，還包括我第一次真正站上舞台的那一瞬間，是你給了我勇氣。所以你，曾經在我的生命中，非常重要過。」

我曾經真的真的這麼以為著，我，是為了你而存在。

「可是我變了，我現在好累了，我厭倦了那些我必須為了他勇敢的人。我厭倦了我一直為了你而勇敢。」

我為了你勇敢好久了，太久了，我累了，好累了。不是只有你會被擊垮而已。

『小雨……妳想要的，只是我的後悔而已嗎？』

他定定的凝望著我，他開口艱難的問著，而我看著他，問他：

「你怎麼會這麼想呢？我花了好久的時間愛你，我花了太久的時間愛你，我為你勇敢了那麼久，而到頭來，我想要的，只是你的後悔而已？可能我是怨你吧，或許我也恨過你，畢竟我曾經那麼愛過你，愛得都沒有了自己，還以為我就是為了你而存在。我曾經想要過你的愛情你的未來，但後悔？我要你的後悔幹嘛呢？」

他沒回答，他把身體往後一癱，當下，我以為他會把那年的那一個簡訊還給我：妳活在我所無法理解的世界裡。

可是他沒有，他嘆了口氣，他低著眼睛，他告訴我：

『記住這一句話，如果我這輩子只能再對妳說一句話。』他讓眼眶裡的溼潤宣洩，他一個字一個字的說，慢慢的說著：『不管我還能不能再見到妳，都請妳記住這句話：妳是我生命中，最美好的遇見。』

你說我就信。那我說呢？你信不信？

那是我最後一次和他見面。

之後的每一次聚會我都說會去，但結果都沒去，臨時才說沒辦法去；我知道致晟都會到場，我知道他們三個男生重新又走到了一起，我覺得這樣很好。他比我還需要他們，他一直就比我還需要他們。

我希望他過得好，繼續把自己過好。

他們都要好。

在那一年的最末，msn宣佈退出這個世界，接著隔年無名小站跟進宣佈熄燈。

一個時代的結束，羅毓良說，而我則是覺得，其實結束的不是這些那些，而是我們曾經擁有過的春春，和那些曾經單純過的信仰。

信仰愛情，以青春，以年華；美的不是青春，而是青春裡有過他們。

失去是如此簡單，而再一次相信，則太難。

回頭太難。

走

缺

這個夏天。
盛夏。
語樂在這個夏天順利生下洋娃娃般的漂亮女娃，沒意外的話應該一邊忙著育兒一邊籌畫婚禮，或許致晟也會幫她的忙也不一定，羅誌銘說過致晟其實是個辦事很細心的可靠傢伙；我打從心底相信語樂會有個很美好的婚禮，因為她是那麼美好的女生，雖然她曾經痛得傷得被這個世界撕裂，還一度想要關上這世界。
總是會走出來的，總是。只要心還跳著。
羅毓良在這個夏天病逝，媒體還是披露了這個消息，雖然篇幅小小的，但反正我想羅毓良也不在乎了，媒體找了一張羅毓良年輕的照片刊登，原來他年輕的時候看來像個憤青。
小小的消息被他們大大的知道，他們可能會想要來找我，他們可能想要安慰我，可是我已經好久沒有聯絡他們了，可是他們其實也沒空，因為羅誌銘在這同時倒下；我不知道他究竟是什麼病？我想或許致晟他知道，以前經常聽他說要去替羅誌銘拿藥，而我當時總沒多問，而我現在也是。
而我只是在想著，他們當時應該去蜜月的。
「他們當時應該去蜜月的。」

此時，我這麼告訴檸檬、在我們並肩走出無名咖啡館的時候，當下，他一副快要哭出來的表情，不過在努力了一會兒之後，他終究還是強忍住了，我沒看過他哭，不過致晟說他看過。一次。我不知道他那一次是為了誰哭？我只知道其實這世間上的每一滴眼淚都只是為了自己而已。

沒有誰是真正為了誰而存在。

我承諾忙完一陣子之後會去看羅誌銘，希望屆時他已經康復，我相信致晟會好好的照顧他，他其實是個很會照顧人的男人，他其實是個很溫柔細心的男人，他其實是個顧慮別人感受的男人，他其實是個應該好好被愛著的男人。他其實只是不屬於我而已。

愛的時差。

我承諾我會去語樂的婚禮，然後我們在無名咖啡館前道別。

在那之後我還是每天下午去到無名咖啡館喝一杯熱拿鐵，待掉一整個下午，我忙碌工作了好幾年，我賺的存的錢不少，錢一直就不是問題，反而慢慢的過日子才是奢侈；我於是允許自己什麼也不做的慢活好一陣子，還不用給身邊的人、給這個世界添麻煩；我反正也沒有什麼特別的事想做，沒什麼特別的人想見。

我只是想慢慢的找回從前的那個自己，或者，活出新的自己。

然後是那天，我再一次走進無名咖啡館，可是坐在最靠近門口的那位子卻換了個人，我依舊點了一杯熱拿鐵，然後走向最角落的位子坐下；接著我看見被釘在牆上的白色信封已經被取下，轉頭我看到取而代之坐那位子上的男人後頸有個十字架刺青，我覺得我好像曾經在哪裡看過他的樣子。

我突然想起在淡海旁邊的咖啡館裡，致晟曾經告訴過我的：

——我不知道那個總是穿得全身黑的男人是誰，也不知道他在空等著的人是誰？直到有一天，我甚至想坐過去和他聊天了的時候，我終於知道，那裡差不多也不是我該待的地方了。

這裡差不多也不是我該待的地方了。

我於是快快的把熱拿鐵喝乾，把鈔票留在桌上，在經過那大大的吧台時，我轉頭向冷漠的老闆娘說了聲再見，而她抬頭看了我一眼，我以為她接著會繼續低下頭繼續看著她指間完好的白色香菸，可是她沒有，她給了我一個眼神，然後轉而繼續看著坐在最靠近門口那位子的男人。我看著那個男人低頭閱讀著那封始終被釘在牆上的信。

他是誰？我在哪裡看過他？

在推開沉重的木頭大門時，他已經把信對摺，而此刻，他正專注的看著信封上的筆跡，我經過他的身邊，再看他一眼，然後我離開；我在門口站了一會兒，抬頭看著藍色的天空和白色的雲朵，一時間，竟不知道自己該往哪走，想往哪走。

我可曾好好的看過這個世界？

這個世界還繼續轉動著，如常轉動著，是啊，這個世界從來就不會為了任何人停留，而月亮從來也不曾真正陰晴圓缺。是啊，當然。

已經變成冬天了呢。

離開的時候我才想起，我還是忘記查看無名咖啡館的地址。但或許，我該去看的是另一個地址。

回家，我拿出扔在抽屜裡好久的手機，開機，我撥出了好久沒撥出的這通電話，而電話的那頭依舊無人接起，是啊，那只是羅毓良曾經使用過的電話號碼，並不是天堂的號碼。天堂的號碼從來就沒有人知道。

上帝忘了告訴我們。

關於s 以及 夢裡的那女孩

『嘿，你相信我嗎？我夢見過你。』

這是她開口對我說的第一句話，雖然在這句話之前，我就已經注意到她了。

很難不注意到她，因為是那麼光采奪目的漂亮女生，那種漂亮是這幾年日本相當流行的混血女模的美法，實際上當她隻身走進店裡時所有人都不約而同抬頭看了她一眼，還有的是就這麼盯住沒移動過視線。

我已經在心裡跟自己打賭、等一下會有幾個人過去跟她搭訕，而且我覺得那應該不會是三分鐘之後的事。

『原來是台灣人，說得一口道地的國語，不開口講話還真是看不出來！』

去到販賣機前為一臉困惑的她解說點餐程序之後，姨媽回到櫃台裡這麼告訴我，而表情是好奇心被滿足了的開心。

『才剛下飛機，這是她在東京吃的第一餐，住的旅館離歌舞伎不遠，希望她晚上別玩太晚才回去。』

「喔。」

我說，然後低頭看了她的點餐票券，接著專心煮麵，果真在這同時，已經有兩組人馬換過去她身旁的座位開始試著攀談。

『你送過去給她。』

指著剛煮好的拉麵，姨媽說。

「咦？」

『這麼漂亮的女生身邊沒個男人太危險了，因為每個人都想當她身邊的男人。你也很久沒講國語了吧、除了跟我之外。』

「喔。」

於是我把拉麵送了過去，還偷聽到一些這兩組男士搭訕她的話語，我看著她微笑抱歉著聽不懂日語，我把麵放下。

我聽到她喊住我，問：

『嘿！你相信我嗎？』

我轉過頭看她。

『我夢見過你。』

我歪著頭看她。

『在飛機上的夢，不知道是要去哪裡，不過窗外有藍天和白雲，你把靠窗的位置讓給我。你是台灣人對吧？』

我楞楞的點頭，一時間不知道該說些什麼才好，也忘了我之後是不是說了些什麼，只記得她當時對著我微笑，而我的視線，像是被施了魔法似的、被鎖在她那顏色奇特的瞳孔裡。

滯

留

那是我們認識的起點，在那之後她每一天都來我們店裡吃一碗拉麵，待很久時間，她看起來不像是來東京玩的樣子，熱門景點沒去過幾個，必買必吃的觀光客清單則一個也沒嘗試，藥妝店倒真去過幾次，不過每一次都是為了採買日常用品；我不知道她來日本的目的是什麼？打算待多久時間？只知道她總是獨來獨往，總是微笑著禮貌拒絕所有的搭訕者，而且比起這家店外五光十色的這些那些、她好像反而喜歡待在這裡吃一碗拉麵、發一陣子呆、有時和姨媽或者我說些話，她看起來很寂寞的樣子，很像是我剛到日本時候的那個樣子。是那種被全世界給推開了的寂寞姿態。

我在連續看到她的一個星期之後試著約她出去，接著隔天她從小小的旅館搬進我小小的房間，在店裡從坐在櫃台外變成是站在櫃台內幫忙；她做事情很俐落，感覺像是從很小很小的時候就開始自己生活的那種俐落，她害我們店裡生意變得很好，那家拉麵店裡有個很漂亮的女店員這風聲很快就傳了出去。

那是那一年春天的事，那一年有好多人有憑有據的宣佈世界末日會發生在今年的十二月二十一號，有些人很擔心，有些人很期待，而我們兩個，則兩者都不屬於。

我們不太聊彼此，也不太聊過去，甚至不太聊那一年最熱門的末日話題，如果不是姨媽幫她處理簽證的事情，我大概連她叫作吳子晴也不會知道，她總是要我們叫她s就好，她說以前認識她的人都叫她s；我不知道她打算待多久？算不算是愛著我？之後又打算去哪裡？我沒想過要問，因為如果換成是她這麼問我的話、我大概也回答不出來。我們是兩個寂寞的異鄉人，想要忘記什麼卻又害怕遺忘的異鄉人。

遺

忘

然而關於她，我不會忘記的是，她講話的時候會習慣性的靠著對方太近，還有、抱著她的感覺很好，雖然她有時候會在夜裡被噩夢驚醒然後哭泣；每當那個時候我總是會抱著她哄著她告訴她：沒關係的，妳安全了。每當那個時候，我總是會誤以為這個世界正在下雨。

「我們算是什麼？」

有一次我試著這麼問她，而這話她想了想，然後不太確定的回答：

『我們算是……被離開的人吧。』

「被離開的人？」

『嗯，被離開的人。』她又重複了一次，而這次說得確定了些。接著她換了個話題，她問我：『所以，藍色月亮是什麼時候出現呢？』

「今年是八月三十一日，那天我會記得提醒妳。」

『一起上天台看藍色月亮嗎？』

「是的，一起上天台看藍色月亮。」

而且不會帶藍色玻璃紙上去。

藍色月亮。

她很喜歡藍色月亮的這個話題，在我告訴她這件事情之後她自己上網查了好多資料，還認真的比對過每一次的藍色月亮出現時、她人在哪裡？做著什麼？愛的人是誰；於是我試著問她、我們算是什麼？於是她不太確定的告訴我、我們算是被離開的人。我不知道該如何解釋、何以這五個字讓我直覺聯想到洛希，因為我已經好久好久沒有想起過她了。

話題因此被打了開、當我們在天台上並肩看著藍色月亮時，我開始說起洛希，說起那個我們總待著的午後咖啡館，也說起那一陣子的我們，我沒說起在那之前之後的我，也沒說起小雨，還有蕭凱軒；接著她告訴我那個無名咖啡館以及那冷漠的老闆娘，然後她提議，我可以寫一封信寄過去。

『我知道地址。』

我半信半疑的看著她。

『你大概也很久沒寫國字了吧？』

「我很久沒動筆寫字了，任何字。」

『呵。』她淺淺的笑著，然後說：『你一直都沒有回答我。』

「嗯？」

『你相信我嗎？』

「傻傻的。」

我笑著摟了摟她的肩膀，接著走回房間，就著窗外的藍色月亮，寫下那一封長信。

長長的信。

我把這封長長的信交給她，而她看也沒看的就對摺再對摺，接著裝入純白色信封，然後黏貼，最後好謹慎的寫下地址。她的筆跡笨笨的好像小學生，和那麼有女人味的她真不搭。

『我會幫你寄出去。』

「其實也不必特地跑一趟，就算妳直接丟進垃圾桶我也無所謂。」

『傻傻的。』她學我原先的話，然後她問：『有寫到我嗎？』

「一點點。妳可以直接拆開來看啊，就當作是寫給妳的信也可以。」

我這麼提議著，但是她沒有，她只是把信擺回桌上最顯眼的位置。

「我想我相信妳。」

突然的，我很想這麼說，也，確實這麼說出口了；而她笑了笑，沒有說什麼，只是暖暖的抱著我，把臉貼在我的頸邊，細細的親吻著我頸後的十字架。她嘆息似的說：

『或許，這裡差不多也不是我該待的地方了。』

「嗯？」

『嗯。』

她真正離開是在世界末日的隔天。

那天我們再一次走上天台，看著天上的月亮，倒數著世界末日的到來，然後末日沒有來，而世界則依舊繼續轉動著。自顧著轉動著。

「我以為妳對這個沒有興趣。」

『喔，人是會變的。』她語氣輕輕的說，然後，突然的問：『嘿，你會不會忘記我？』

「突然的、說什麼？」

『你會記得我嗎？』

我告訴她我會記得她。

『你愛過我，對不對？』

「……」

『我想我愛過你。只是，這裡差不多也不是我該待的地方了。』

她再一次的說，然後牽起我的手，我們回到小小的房間躺回小小的床上，我進入她的身體，而她，則進入我的夢裡。

夢的場景是在候機室裡，我不知道我即將要去哪裡？只知道夢裡有個女孩一直在身後看著我，我覺得她好像小雨，雖然她們是完全不同長相不同外表的人，可是她好像小雨，她讓我想起小雨。

我好怕失去她，在夢裡，我非常具體而且真實的如此害怕著。

我們開始登機。

她早我們一步走進機艙，我在尋找座位的時候經過她的身邊，知道在這趟飛行裡她會一直存在我的視線裡，我感覺到安心的美好，無比的美好；她就坐在靠近走道的位子，我想停下腳步跟她說些什麼話，可是我不知道該說什麼話才好，後面的人在催促著，而空姐也是，我只好按著機票找到了座位。我一直在看她。

『可以和你換位子嗎？』

s的聲音打斷了我的視線我的注意力，我轉頭看著這張美麗的臉，可是她卻好像從來就不認識我的樣子。

我只能呆呆的說好。我想問她記不記得我？會不會忘記我？可是我一句話也說不出來。我想告訴她、確實我愛過她。可是她轉頭望向窗外，而窗外，下起雨。

起

飛

接著場景再換，換回了我曾經住過的那個房子，姑姑帶著我住了好幾年的那房子，而姑姑不在那個房子裡，但s的聲音再一次出現這夢裡：

『你們會在那裡相遇，你的藍色月亮，你的她。』

接著門鈴響起，接著我走向前去打開門，接著我看見那女孩就出現在門口，她看起來相當驚訝的樣子。

『我們以前租過這房子住，我是說、我只想順道回來看看這裡而已，我——』

「我知道，我也是。」我告訴她，我問她：「嘿，妳相信我嗎？我夢見過妳。」

接著我就醒來了。

這裡差不多也不是我該待的地方了。

而這，是我醒來的第一個念頭。

我在那年冬天離開日本回到台灣。

我打電話告訴姑姑這件事情，而她和姑丈堅持來機場替我接機，他們看起來感情很好的樣子，他們看起來相當幸福。

我這麼告訴姑姑，還跟她說謝謝，也不管見不見外，也不管突不突然，我知道我離開台灣之前跟她說過了，但回來，我想再說一次。我想說很多很多次。

謝謝那一年，她帶著我離開那個家，謝謝那幾年，我讓她傷心也讓她失望，但她從來就沒有真正放棄我。

『回來就好。』姑姑握了握我的手，姑姑又哭又笑的說，像是著急我隨時會轉身離開似的，好快好快的交代著：

『那房子還空著等你呢，租給了學生好幾年，今年才退租了空著的，那是留給你的房子。』

「那是個充滿回憶的地方，那是我們的家。」

我說，然後我握住她的手，緊緊的，不放開。

我沒有立刻回那房子，反而是在台北待了一陣子住在姑姑家，我不知道該不該相信那場夢該不該相信s，反正此刻我想做的是好好的陪著姑姑一陣子；我還去了以前和洛希待著的那間咖啡店，咖啡店還在，聽說還展了不少店，只是感覺都變了。我只喝了一杯咖啡就走。

人是會變的。s說。

我後來又夢見過她一次，而夢裡，她不再有聲音，她只是帶著我走，走向無名咖啡館，然後她微微笑，然後她揮揮手，然後我明白，其實，她是個傳達者，以夢的形式，以她的方式，傳達。

我沒再遇見過ｓ，但我遇見了那女孩、在那房子裡，就如同那場夢境，就如同ｓ的傳達，在我回去之後。

回去。

在決定離開台北的最後一天，我做了最後一件我覺得自己應該做的事情，我去了無名咖啡館，推開那沉重的木頭大門，我看見洛希就站在那大大的櫃台裡，我看見她認出我，我看見她沒理會我，就像最後那場夢裡的ｓ一樣，她們都沒了聲音。

傳

達

我看見她點點頭，我看見她指了最靠近門口的座位，於是我走去坐下。我沒有問她為什麼。

她帶著一杯熱咖啡以及那封厚厚的信過來，一語不發的放在桌上，然後她走回吧台的裡面；我知道她一直在看我，我知道她現在過著她想要的生活，她看起來很好。她毫無疑問的已經和過去的自己和好。

我打開信來閱讀，我想起了好多好多的回憶，也想起了好多好多出現在我生命中的人，曾經擁有的，終究錯過的，還想起了我自己；最後，我變成是單純的凝望著白色信封上ｓ的筆跡。

那麼有女人味的女孩卻寫著一手小學生似的筆跡。

她現在人在哪裡？過著什麼樣的生活？我希望她過得好，過得比我好。我知道她知道我不可能會忘記她。

我會記得她。

我也相信她。

我是愛過她。

離開的時候我把這封長長的信對摺收進我胸前的口袋裡，我的胸口因此鼓脹了起來，而心也是；我走向吧台，而洛希搖頭示意我不必買單，終於，我開口說了走進無名咖啡館以來、說的第一句話：

「可是今天沒下雨呢。」

然後她微笑，她帶著微笑走出吧台，她給了我一個，無聲的擁抱。

擁

抱

--The end--

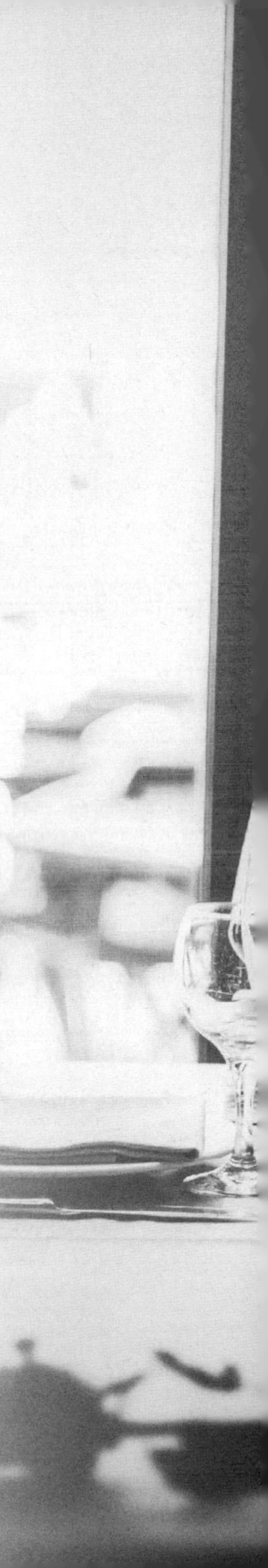

國家圖書館出版品預行編目資料

妳想要的，只是我的後悔嗎？/橘子著.--初版.--臺北市：皇冠. 2014.05
面；公分（皇冠叢書；第4390種）
（橘子作品；01）
ISBN 978-957-33-3073-8（平裝）

857.7　　　103007143

皇冠叢書第4390種
橘子作品 01

妳想要的，只是我的後悔嗎？

作　　者—橘子
發 行 人—平雲
出版發行—皇冠文化出版有限公司
台北市敦化北路120巷50號
電話◎02-27168888
郵撥帳號◎15261516號
皇冠出版社(香港)有限公司
香港上環文咸東街50號寶恒商業中心
23樓2301-3室
電話◎2529-1778　傳真◎2527-0904
責任主編—龔橞甄
責任編輯—許婷婷
美術編輯—程郁婷
著作完成日期—2013年12月
初版一刷日期—2014年5月

法律顧問—王惠光律師

讀者服務傳真專線◎02-27150507
電腦編號◎550001
ISBN◎978-957-33-3073-8
Printed in Taiwan
本書定價◎新台幣220元/港幣73元

皇冠60週年集點暨抽獎活動專用回函

請將5枚印花剪下後，依序貼在下方的空格內，並填寫您的兌換優先順序，即可免費兌換贈品和參加最高獎金新台幣60萬元的回饋大抽獎。如遇贈品兌換完畢，我們將會依照您的優先順序遞換贈品。

●贈品剩餘數量請參考本活動官網（每週一固定更新）。所有贈品數量有限，送完為止。如贈品兌換完畢，本公司有權更換其他贈品或停止兌換活動（請以本活動官網上的公告為準），但讀者寄回回函仍可參加抽獎活動。

1. ________ 2. ________ 3. ________

●請依您的兌換優先順序填寫所欲兌換贈品的英文字母代號。

1 2 3 4 5

□（**必須打勾始生效**）本人________（**請簽名，必須簽名始生效**）同意皇冠60週年集點暨抽獎活動辦法和注意事項之各項規定，本人並同意皇冠文化集團得使用以下本人之個人資料建立該公司之讀者資料庫，以便寄送新書和活動相關資訊。

我的基本資料

姓名：________

出生：________年________月________日　性別：□男　□女

身分證字號：________（僅限抽獎核對身分使用）

職業：□學生　□軍公教　□工　□商　□服務業

□家管　□自由業　□其他

地址：□□□□□ ________

____

電話：（家）________　（公司）________

手機：________

e-mail：________

□我不願意收到皇冠文化集團的新書、活動edm或電子報。

●您所填寫之個人資料，依個人資料保護法之規定，本公司將對您的個人資料予以保密，並採取必要之安全措施以免資料外洩。本公司將使用您的個人資料建立讀者資料庫，做為寄送新書或活動相關資訊，以及與讀者連繫之用。您對於您的個人資料可隨時查詢、補充、更正，並得要求將您的個人資料刪除或停止使用。

皇冠60週年集點暨抽獎活動注意事項

1. 本活動僅限居住在台灣地區的讀者參加。皇冠文化集團和協力廠商、經銷商之所有員工及其親屬均不得參加本活動，否則如經查證屬實，即取消得獎資格，並應無條件繳回所有獎金和獎品。

2. 每位讀者兌換贈品的數量不限，但抽獎活動每位讀者以得一個獎項為限（以價值最高的獎品為準）。

3. 所有兌換贈品、抽獎獎品均不得要求更換、折兌現金或轉讓得獎資格。所有兌換贈品、抽獎獎品之規格、外觀均以實物為準，本公司保留更換其他贈品或獎品之權利。

4. 兌換贈品和參加抽獎的讀者請務必填寫真實姓名和正確聯絡資料，如填寫不實或資料不正確導致郵寄退件，即視同自動放棄兌換贈品，不再予以補寄；如本公司於得獎名單公佈後10日內無法聯絡上得獎者，即視同自動放棄得獎資格，本公司並得另行抽出得獎者遞補。

5. 60週年紀念大獎（獎金新台幣60萬元）之得獎者，須依法扣繳10%機會中獎所得稅。得獎者須本人親自至本公司領獎，並提供個人身分證明文件和相關購書發票（發票上須註明購買書名），經驗證無誤後方可領取獎金。無購書發票或發票上未註明購買書名者即視同自動放棄得獎資格，不得異議。

6. 抽獎活動之Deseno行李箱將由Deseno公司負責出貨，本公司無須另行徵求得獎者同意，即可將得獎者個人資料提供給Deseno公司寄送獎品。Deseno公司將於得獎名單公布後30個工作天內將獎品寄送至得獎者回函上所填寫之地址。

7. 讀者郵寄專用回函參加本活動須自行負擔郵資，如回函於郵寄過程中毀損或遺失，即喪失兌換贈品和參加抽獎的資格，本公司不會給予任何補償。

8. 兌換贈品均為限量之非賣品，受著作權法保護，嚴禁轉售。

9. 參加本活動之回函如所貼印花不足或填寫資料不全，即視同自動放棄兌換贈品和參加抽獎資格，本公司不會主動通知或退件。

10. 主辦單位保留修改本活動內容和辦法的權力。

寄件人：

地址：□□□□□

請貼郵票

10547 台北市敦化北路120巷50號

皇冠文化出版有限公司　收